आर्ट ऑफ वार / युद्ध की कला

लेखक
सुन त्ज़ू

अनुवादक
आरती गांधी

डायमंड बुक्स
www.diamondbook.in

प्रकाशक : **डायमंड पॉकेट बुक्स प्रा. लि.**
X-30, ओखला इंडस्ट्रियल एरिया, फैज-II
नई दिल्ली-110020
फोन : 011-40712200
ई-मेल : sales@dpb.in
वेबसाइट : www.diamondbook.in
संस्करण : 2021

Art of War (Yudh ki Kala)
By : Sun Tzu (translated by Aarti Gandhi)

जब जनरल कमजोर हो और बिना अधिकार के हो, जब उसके आदेश स्पष्ट और पृथक न हों, जब अधिकारियों और सैनिकों में निश्चित कर्तव्यों का बोध न हो और पदों का गठन अव्यवस्थित रूप से किया जाता हो तो परिणाम भी बिल्कुल अव्यवस्थित ही होता है।

सुन त्ज़ू
एक संक्षिप्त परिचय

सुन त्ज़ू पूर्वी एशिया के सबसे महत्त्वपूर्ण ऐतिहासिक लोगों में से एक हैं। वे एक सैन्य जनरल और रणनीतिकार थे, जो प्राचीन चीन में रहते थे। पारंपरिक इतिहासकारों का मानना है कि उनका जीवनकाल 544-496 ई.पू. था। सुन त्ज़ू का पैदाइशी नाम सुन वू था। यह एक प्रसिद्ध नाम है, जिसका मतलब है 'मास्टर सुन।' उन्हें अपनी कृति 'आर्ट ऑफ वॉर' के लिए विश्वभर में जाना जाता है। यह एक कालातीत कृति है और पूर्वी साहित्य में अपनी एक महत्त्वपूर्ण पहचान रखती है।

'आर्ट ऑफ वॉर' अर्थात् 'युद्ध की कला' युद्ध और सैन्य रणनीति पर लिखा गया एक महत्त्वपूर्ण ग्रंथ है और नेपोलियन, माओ जेडॉन्ग, फिदेल कास्त्रो, जोसेफ स्टालिन और जनरल डगलस मैकआर्थर ने इस महान ग्रंथ में उल्लिखित महत्त्वपूर्ण बिंदुओं को अनगिनत लड़ाइयों और संघर्षों में अपनी रणनीति का आधार बनाया है। चीनी सम्राटों और शासकों ने युद्ध की अवधि के दौरान इस ग्रंथ से मार्गदर्शन लिया है। सैन्य विज्ञान पर कोई अन्य पाठ इतना लोकप्रिय और व्यापक रूप से नहीं पढ़ा गया है, जितना कि 'आर्ट ऑफ वॉर' को पढ़ा गया है। सुन त्ज़ू की इस उत्कृष्ट कृति के अनेक भाषाओं में अनुवाद हो

चुके हैं और पिछली कुछ सदियों में इसकी लाखों प्रतियां बिक चुकी हैं।

यह पुस्तक तेरह अध्यायों में विभाजित और विभिन्न बिंदुओं में लिखी गई है। इसमें युद्ध के सभी पहलू समाहित हैं- सैन्य रणनीति में तैनाती के महत्त्व से लेकर गुप्तचरों के उपयोग तक और सैनिकों के उपचार से लेकर पराजित करने के तरीके तक। इसमें कूटनीति, अन्य राज्यों के साथ रिश्ते बनाए रखना और युद्ध में लड़ाई से बचने जैसे विषय भी समाहित हैं।

इस प्राचीन ग्रंथ की शिक्षाएं आज भी प्रासंगिक बनी हुई हैं- पच्चीस शताब्दियों से भी अधिक समय पहले इसे लिखा गया था, क्योंकि इसके निर्देश किसी भी क्षेत्र में लागू किए जा सकते हैं, जहां प्रतिस्पर्धा सक्रिय और प्रचंड हो। उदाहरण के लिए, दुनिया भर के व्यापारिक नेताओं ने अपने प्रतिद्वंद्वियों से आगे निकलने के लिए सुन त्ज़ू की रणनीतियों का उपयोग किया है। वास्तव में, सुन त्ज़ू के समर्पित अनुयायियों ने इस बारे में किताबें लिखी हैं कि आधुनिक पूंजीवादी बाजारों में लाभ पाने के लिए उनके सिद्धांतों को कैसे लागू किया जा सकता है। यह ग्रंथ न केवल विद्वानों, इतिहासकारों और प्राच्यवादियों के लिए महत्ता रखता है, बल्कि उन सभी के लिए यह ग्रंथ महत्त्वपूर्ण है, जो एशिया और विशेष रूप से चीन के इतिहास और संस्कृति में रुचि रखते हैं।

1.

योजनाएं बनाना

1. सुन त्ज़ू ने कहा– किसी भी राज्य के लिए युद्ध की कला अत्यंत महत्त्वपूर्ण है।
2. यह जीवन और मृत्यु का मामला है, क्योंकि यह या तो सुरक्षा का मार्ग तैयार करता है या फिर बरबादी। अत: यह विषय उस जांच–पड़ताल का है, जिसे किसी भी तरह से उपेक्षित नहीं किया जा सकता।
3. युद्ध की कला को पांच स्थायी कारकों द्वारा नियंत्रित किया जाना चाहिए, जिन्हें विचार–विमर्श से ध्यान में रखा जाना चाहिए, जब आप उन हालात को निर्धारित करना चाहते हों, जिनका सामना युद्ध के मैदान में होता है।
4. वह स्थायी कारक पांच हैं :
   1. नैतिक नियम
   2. स्वर्ग
   3. धरती
   4. सेनानायक
   5. प्रणाली एवं अनुशासन

5.व 6. नैतिक नियम शासक एवं प्रजा के बीच संयोजन बनाए रखने में सहायक होते हैं। इसी कारण लोग किसी भी खतरे से बेखबर रहते हुए और अपने जीवन की परवाह किए बिना उसका अनुसरण करते हैं।

7. स्वर्ग रात और दिन, सर्दी और गर्मी और काल एवं मौसमों का द्योतक है।
8. धरती में बड़ी एवं छोटी दूरियां, खतरा एवं सुरक्षा, खुले मैदान एवं संकरे रास्ते और जीवन एवं मृत्यु के अवसर सम्मिलित हैं।
9. सेनानायक ज्ञान, ईमानदारी, परोपकार, साहस और कठोरता जैसे गुणों को धारण किए दृढ़ता के साथ खड़ा रहता है।
10. प्रणाली एवं अनुशासन से तात्पर्य है कि अपने उपविभागों

में सेना को संगठित करना, अधिकारियों को उनकी योग्यता के अनुसार उचित पदों पर नियुक्त करना, सड़कों का उचित रख-रखाव रखना, ताकि सेना तक सामग्री उचित समय पर पहुंचाई जा सके और सेना के खर्चों को नियंत्रित करना।

11. हर जनरल को इन पांच प्रमुख स्थायी कारकों से परिचित होना चाहिए, जो इनसे परिचित होगा, वही विजेता होगा और जो इनसे परिचित न होगा, वह असफल रहेगा।
12. इसलिए अपने विचार-विमर्श में जब सैन्य परिस्थितियों का निर्धारण किया जाए तो उन कारकों को अपने तुलनात्मक अध्ययन का आधार बनाइए।
13. दो देशों में से कौन-सा देश नैतिक नियमों का पालन करता है? दो जनरलों में से किस जनरल के पास अधिक योग्यता है? स्वर्ग और पृथ्वी से मिलने वाले लाभ किसके साथ है। किसके पक्ष में अनुशासन बड़ी सख्ती एवं उचित रूप से लागू किया जाता है? कौन-सी सेना अधिक शक्तिशाली है? किसके पास अधिकारी और सैनिक अधिक उच्च प्रशिक्षित हैं? किस सेना में पुरस्कार और दंड देने पर अधिक स्थिरता है?
14. इन सात विचारों के माध्यम से मैं जीत या हार का अनुमान लगा सकता हूं।
15. जो जनरल मेरी सलाह को मानेगा और उस पर अमल करेगा, वह जीत जाएगा। ऐसे जनरल के हाथों में सेना का नियंत्रण दिया जाए। जो जनरल मेरी सलाह नहीं सुनता है और न ही उस पर अमल करता है, उसे हार का सामना करना पड़ेगा और ऐसे जनरल को बिना किसी देरी के निष्कासित कर दिया जाना चाहिए।
16. मेरी बताई गई बातों का लाभ उठाएं। अपने आपको सामान्य नियमों के ऊपर और बाहर किसी भी सहायक परिस्थितियों के अलावा भी लाभ पहुंचाएं।

17. परिस्थितियों के अनुकूल होने के अनुसार, किसी को एक योजना को संशोधित करना चाहिए।
18. सभी तरह की युद्ध-सामग्री छल पर आधारित होती है। इसलिए जब हम हमला करने में सक्षम हों तो हमें असमर्थ दिखना चाहिए। अपनी शक्तियों का उपयोग करते समय हमें निष्क्रिय प्रतीत होना चाहिए। जब हम पास होते हैं तो हमें दुश्मन को विश्वास दिलाना चाहिए कि हम बहुत दूर हैं। जब हम दूर हों, तो हमें विश्वास दिलाना चाहिए कि हम निकट हैं।
20. दुश्मन को लुभाने के लिए उसे लालच दें। दुश्मन के इलाके में अव्यवस्था फैलाएं और फिर मौका मिलते ही उसे कुचल डालें।
21. यदि वह सभी मोर्चों पर सुरक्षित है तो उसके लिए तैयार रहें। यदि वह अधिक शक्तिशाली है तो उससे बचें।
22. यदि आपका प्रतिद्वंद्वी क्रोधी स्वभाव का है तो उसे उत्तेजित करने का प्रयास न करें। कमजोर होने का दिखावा करें, ताकि वह घमंडी हो जाएं।
23. अगर वह आराम कर रहा है तो उसे आराम न करने दें।
24. उस पर हमला करो, जब वह मुस्तैद न हो और वहां प्रकट हो जाएं, जहां आपकी उम्मीद न हो।
25. जीत में अग्रणी भूमिका निभाने वाले इन सैन्य उपकरणों (मूलमंत्र) को गुप्त रखना चाहिए।
26. अब जो जनरल एक लड़ाई जीतता है, वह अपने मन-मंदिर में लड़ाई लड़ने से पहले कई गणनाएं करता है। एक लड़ाई हारने वाला जनरल युद्ध की बहुत कम ही गणना करता है। इस प्रकार कई गणनाएं जीत की ओर ले जाती हैं और कुछ गणना हार की ओर। यह इस बात पर ध्यान देने के लिए है कि मैं उन लोगों के बारे में पूर्वानुमान लगा सकता हूं, जिनके जीतने या हारने की संभावना है।

2.
युद्ध की तैयारी

1. सुन त्ज़ू ने कहा: युद्ध-संचालन में, जहां तेज रफ्तार से दौड़ने वाले एक हजार रथ हों, कई भारी रथ हों और एक लाख कवचधारी सैनिक हों, जिनके पास पांच सौ किलोमीटर तक जाने की पर्याप्त रसद भी हो, घर पर और मोर्चे पर, मेहमानों के मनोरंजन सहित, गोंद और पेंट जैसी छोटी वस्तुओं और रथों एवं कवच पर खर्च की जाने वाली रकम सहित, प्रतिदिन एक हजार औंस चांदी तक पहुंच जाएगा। यह एक लाख लोगों की सेना बनाने की लागत है।
2. जब आप वास्तविक लड़ाई में संलग्न होते हैं और जीत मिलने में देर होती है, तो सैनिकों के हथियार सुस्त हो जाएंगे और उनका जोश ठंडा पड़ जाएगा। यदि आप एक शहर की घेराबंदी करते हैं, तो इससे आप अपनी ताकत को समाप्त कर देंगे।
3. फिर यदि अभियान अधिक लंबा चलता है, तो ऐसी स्थिति में राज्य के संसाधन युद्ध का दबाव झेलने की क्षमता क्षीण हो जाती है।
4. जब आपके हथियार की धार धीमी हो जाए, आपकी ताकत समाप्त हो जाए, आपका खजाना खर्च हो जाए तो आपके आसपास के लोग आपकी मजबूरी का लाभ उठाने के लिए तैयार हो जाएंगे। फिर किसी भी चतुर व्यक्ति के लिए उन परिणामों को टालना मुमकिन नहीं होगा।
5. हालांकि हमने युद्ध में मूर्खतापूर्ण जल्दबाजी के बारे में सुना है, लेकिन इस प्रकार लंबे विलंब समय तक युद्ध में व्यस्त रहना उचित नहीं है।

6. लंबे समय तक युद्ध से लाभान्वित होने वाले देश का कोई उदाहरण नहीं है।

7. ऐसा केवल कोई-कोई ही होता है, जो युद्ध की बुराइयों से पूरी तरह से परिचित होता है और जो लंबे समय तक चलने वाले युद्ध से अच्छी तरह परिचित हो।

8. कुशल सैनिक कभी रसद की दोबारा मांग नहीं करता, न ही उसके आपूर्ति-वाहन को दो बार से अधिक भरा जाता है।

9. जब घर से चलें तो युद्ध-सामग्री अपने साथ लाएं, लेकिन शत्रु को चारा बनाएं। इस प्रकार सेना के पास अपनी आवश्यकताओं के लिए पर्याप्त भोजन होगा।

10. बहुत दूर तक सेना का खर्चा वहन करने से राज्य की अर्थव्यवस्था गड़बड़ा जाती है और इस खर्चे की वसूली आम जनता से करने से लोगों को तरह-तरह की तंगहाली का सामना करना पड़ता है।

11. दूसरी ओर, सेना के बढ़ते खर्चे के कारण राज्य की कीमतें बढ़ती हैं और बढ़ते दामों के कारण लोगों की जमा-पूंजी खत्म हो जाती है।

12. जब उनकी जमा-पूंजी खत्म हो जाती है, तो किसानों को भारी संकट का सामना करना पड़ता है।

13. व 14. जमा-पूंजी की इस हानि और शक्ति के व्यय होने से लोगों के घर खाली हो जाते हैं और उनकी आय का तीन बटा दसवां हिस्सा व्यय हो जाता है; जबकि सरकारी खर्च टूटे हुए रथ, घायल और थके हुए घोड़ों, नकाब और हेलमेट, धनुष और बाण, भाला

और ढाल, रक्षात्मक मंत्र, बैलगाड़ियों और भारी वाहनों पर पड़ता है।

15. इसलिए एक बुद्धिमान जनरल दुश्मन पर हमला करने की बात करता है। शत्रु का खाद्य सामग्री से भरा एक वाहन अपने बीस वाहनों के बराबर होता है और इसी तरह यह शत्रु की अन्य चीजों पर भी समान रूप से लागू होता है।

16. दुश्मन को मारने के लिए हमें अपने सैनिकों को क्रोध से उत्तेजित करना चाहिए; इससे दुश्मन को हराने से फायदा हो सकता है। उन्हें इसके लिए अपना पुरस्कार भी अवश्य मिलेगा।

17. इसलिए रथ की लड़ाई में जब दस या अधिक रथ जीत लिऐ जाएं तो उन लोगों को पुरस्कृत किया जाना चाहिए, जिन्होंने इन पर पहले कब्जा किया हो। हमें अपने झंडे दुश्मन के रथों पर प्रतिस्थापित करने चाहिए और उनके रथों को अपने रथों के साथ मिलाकर उन्हें युद्ध में उपयोग लाना चाहिए। पकड़े गए सैनिकों के साथ दयालु व्यवहार किया जाना चाहिए।

18. इसीलिए इसे दुश्मन पर जीत हासिल करके अपनी ताकत को बढ़ाना कहा जाता है।

19. युद्ध में तब उद्देश्य केवल जीत हासिल करना होता है, न कि लंबी मुहिम छेड़ना।

20. इस प्रकार यह ज्ञात होना चाहिए कि सेनाध्यक्ष लोगों के भाग्य का निर्णायक होता है। यही वह व्यक्ति है, जिस पर यह निर्भर करता है कि देश में शांति रहेगी या विपत्ति।

3.
छलपूर्वक आक्रमण

1. सुन त्ज़ू ने कहा– दुश्मन के देश को पूरी तरह से अपने अधिकार में लेना व्यावहारिक युद्ध की कला का जितना अच्छा उदाहरण है, उतना अच्छा उस देश को चकनाचूर करना और उसे नष्ट करना नहीं है। इसलिए दुश्मन की पूरी सेना, रेजिमेंट, टुकड़ी या किसी कंपनी को तबाह किए बिना पकड़ना उसे नष्ट करने की तुलना में ज्यादा बेहतर है।
2. इसलिए अपनी सभी लड़ाइयों में लड़ना और जीतना सर्वोच्च उत्कृष्टता नहीं है; सर्वोच्च उत्कृष्टता तो वह है कि जब दुश्मन को बिना प्रतिरोध के तोड़ दिया जाए।
3. इस प्रकार श्रेष्ठ नेतृत्व है कि दुश्मन की योजनाओं को पूरी तरह समझना; दूसरी श्रेष्ठता दुश्मन को एकत्र होने से रोकना है; इस क्रम में अगली श्रेष्ठता युद्ध क्षेत्र में दुश्मन की सेना पर हमला करना है और सबसे खराब नीति दीवारों वाले शहरों की घेराबंदी करना है।
4. नियम यह है कि दीवार वाले शहरों को घेरना ठीक नहीं है। अगर इससे बचना मुमकिन हो तो बचा जाना चाहिए। इस काम के लिए सुरक्षात्मक ढाल बनाना, गतिमान शरणस्थलों और युद्ध के विभिन्न उपकरणों की तैयारी में पूरे तीन महीने लगेंगे और किले के बाहर दीवारों के सहारे टीले बनाने में तीन महीने और लगेंगे।
5. अपने आवेग को अनियंत्रित करने में असमर्थ जनरल जब अपने सैनिकों को आक्रमण करने का आदेश देगा तो परिणामस्वरूप उसकी एक तिहाई सेना मृत्यु के मुख में समा जाएगी, जबकि नगर अभी भी अधिकार क्षेत्र से बाहर ही रहेगा। इस तरह की घेराबंदी के विनाशकारी प्रभाव ही होते
6. इसलिए कुशल नेता बिना किसी लड़ाई के ही दुश्मन के सैनिकों को अपने अधीन कर लेता है; वह उनके शहरों

की घेराबंदी किए बिना उन्हें अपने अधिकार में ले लेता है; वह बिना कोई लंबी लड़ाई लड़े ही उनके साम्राज्य को उखाड़ फेंकता

7. अपनी सेना को क्षति से बचाने के साथ-साथ वह साम्राज्य के विवाद का समापन करने में सफल रहेगा और इस प्रकार एक सैनिक तक को खोए बिना वह जीत का स्वाद चख लेता है। यह छलपूर्वक हमला करने की विधि है।
8. युद्ध का यही नियम है कि अगर दुश्मन के एक सैनिक की तुलना में हमारे सैनिक दस हैं तो उसे घेर लो; अगर एक की तुलना में पांच हैं तो उस पर हमला कर दो; अगर संख्या में दो गुना हैं तो अपनी सेना को दो भागों में विभाजित कर दो।
9. अगर बराबर है तो युद्ध किया जा सकता है; अगर संख्या में थोड़े कम हैं तो युद्ध को टाला जा सकता है; अगर हर तरह से बराबर नहीं हैं तो उसकी पकड़ से दूर भाग जाना ही बेहतर है।
10. इसलिए थोड़ी-सी सेना की सहायता से एक दुराग्रही लड़ाई लड़ी जा सकती है, लेकिन बाद में इसे एक बड़ी सेना द्वारा पकड़ लिया जाता है।
11. वैसे जनरल राज्य की ढाल होता है; अगर ढाल सभी मोर्चों पर मजबूत है तो फिर राज्य भी मजबूत होगा; अगर ढाल कमजोर होगी तो राज्य भी कमजोर होगा।
12. ऐसे तीन तरीके हैं, जिनमें एक शासक अपनी सेना को दुर्भाग्य का शिकार बना सकता है।
13. सेना को आगे बढ़ने या पीछे हटने की आज्ञा देना, इस तथ्य को जाने बिना कि वह पालन नहीं कर पाएगी, इसे सेना को लंगड़ाकर चलना कहते हैं।
14. एक सेना को उसी तरह से संचालित करने का प्रयास

करना, जैसे एक राज्य को संचालित किया जाता है। यह सही नहीं है, क्योंकि एक सेना और राज्य की परिस्थितियां भिन्न होती हैं। इससे सैनिक का मन अशांत हो उठता है।

15. सेना के अधिकारियों की योग्यता की अनदेखी करके उन्हें अनुचित स्थानों पर नियुक्त करना, जिस कारण सैनिकों के आत्मविश्वास में कमी आ जाती है।
16. लेकिन जब सेना अशांत और अविश्वास का शिकार हो तो दूसरे सामंती राजकुमारों से मुसीबत का आना तय है। इससे सेना में अराजकता आती है और जीत भी हाथ से लगभग निकल ही जाती है।
17. इस प्रकार हम जान सकते हैं कि जीत के लिए पांच आवश्यक चीजें हैं।
    1. वही जीतेगा, जो यह जानता है कि कब लड़ना है और कब नहीं लड़ना है।
    2. वही जीतेगा, जो यह जानता है कि कैसे श्रेष्ठ और निकृष्ट सेनाओं को नियंत्रित करना है।
    3. वह जीतेगा, जिसकी सेना अपने सभी पदों पर समान भावना से चालित है।
    4. वह जीतेगा, जो खुद को तैयार करता है और दुश्मन की लापरवाही का इंतजार करता है।
    5. वह जीतेगा, जिसके पास सैन्य क्षमता है और जिसके निर्णय में शासन का हस्तक्षेप नहीं होता है।
18. इस प्रकार यह कहना कि यदि आप दुश्मन को जानते हैं और खुद को जानते हैं तो आपको सैकड़ों लड़ाइयों के परिणाम से डरने की जरूरत नहीं है। यदि आप स्वयं को जानते हैं, लेकिन शत्रु को नहीं तो प्राप्त हर जीत के लिए आपको हार का भी सामना करना पड़ेगा। यदि आप न तो दुश्मन को और न ही खुद को जानते हैं तो आपको हर लड़ाई में हार का सामना करना पड़ेगा।

4.
कुशल प्रबंधन

1. सुन त्ज़ू के अनुसार, अच्छे सैनिक पहले खुद को हार की संभावना से परे रखते हैं और फिर दुश्मन को हराने के अवसर की प्रतीक्षा करते हैं।
2. हार के खिलाफ खुद को सुरक्षित करना हमारे अपने हाथों में है, लेकिन दुश्मन को हराने का अवसर खुद दुश्मन द्वारा प्रदान किया जाता है।
3. इस प्रकार अच्छा सेनानी हार के खिलाफ खुद को सुरक्षित करने में सक्षम होता है, लेकिन दुश्मन को हराने के लिए कछ निश्चित नहीं कर सकता।
4. इसलिए कहावत है- उसे पता होना चाहिए कि बिना युद्ध किए कैसे जीत हासिल की जाए।
5. हार के खिलाफ सुरक्षा का मतलब रक्षात्मक रणनीति है; दुश्मन को हराने की क्षमता का मतलब है आक्रामक होना।
6. रक्षात्मक होना अपर्याप्त शक्ति को इंगित करता है; जबकि आक्रामक होना शक्ति का प्रदर्शन है।
7. जो जनरल, जो रक्षात्मक मुद्रा में कुशल होता है, वह पृथ्वी के सबसे गुप्त स्थान में छिप जाता है; वह जो हमला करने में कुशल है, वह स्वर्ग की बहुत ऊंचाइयों से बड़ी तेजी से आगे आता है। इस प्रकार एक ओर हम अपनी रक्षा करने की क्षमता रखते हैं तो दूसरी ओर एक जीत, जो कि सुनिश्चित है।
8. जीत को केवल तभी देखना, जब वह आसान और पहुंच के अंदर हो, यह पराकाष्ठा नहीं है।

9. यदि आप लड़ते हैं और जीत जाते हैं तो न तो यह पराकाष्ठा है और न पूरा साम्राज्य कहता है, "बहुत बढ़िया!"
10. पतझड़ के मौसम में किसी गिरी हुई टहनी को उठा लेना कोई बड़ी ताकत का संकेत नहीं है; सूर्य और चंद्रमा को देखना तेज दृष्टि का संकेत नहीं है; तूफानी आवाज को सुनना भी तेज कान के होने का संकेत नहीं है।
11. प्राचीन लोगों का कहना है कि वह क्या होशियार सेनानी है, जो न केवल जीतता है, बल्कि बहुत ही आसानी से जीतता है।
12. इसलिए उसकी जीत से उसे न तो प्रतिष्ठा मिलती है और न ही साहस का श्रेय ।
13. वह बिना किसी गलती के अपनी लड़ाई जीतता है। किसी गलती का नहीं करना ही जीत की निश्चितता को स्थापित करता है, इसका मतलब है एक दुश्मन पर विजय प्राप्त करना, जो की पहले से ही पराजित है।
14. इस प्रकार कुशल सेनानी खुद को एक ऐसी स्थिति में रखता है, जो हार को असंभव बना देता है और दुश्मन को हराने के लिए वह किसी भी पल को नहीं गंवाता है।
15. इस प्रकार यह कि युद्ध में विजयी रणनीतिकार जीत हासिल करने के बाद ही लड़ाई चाहता है, जबकि

वह, जिसकी किस्मत में हार है, वह पहले लड़ता है और बाद में जीत के लिए देखता है।

16. उत्कृष्ट नेता नैतिक कानून को विकसित करता है और बड़ी कठोरता से विधि और अनुशासन का पालन करता है। इस प्रकार सफलता को नियंत्रित करना उसकी शक्ति में है।

17. सैन्य पद्धति के संबंध में हमारे पास सबसे पहले है, मापन; दूसरा, मात्रा का अनुमान; तीसरा, गणना; चौथा, अवसर का संतुलन; पांचवां, विजय।

18. मापन ऋणी होता है पृथ्वी के अस्तित्व का; मापन के लिए मात्रा के अनुमान का; गणना मात्रा के अनुमान की; गणना के अवसरों का संतुलन और अवसरों के संतुलन की जीत ।

19. एक विजयी सेना पराजित सेना के विपरीत उसी तरह है, जिस तरह किसी तराजू में एक पाउंड वजन को एक दाने के बराबर रख दिया जाए।

20. एक विजयी सेना का बहाव ठीक उसी तरह होता है, जिस तरह किसी बांध की दरार से हजारों थाह रुका हुआ पानी बाह निकलता है।

5.
शक्ति

1. सुन त्ज़ू ने कहा कि एक बड़ी सेना पर नियंत्रण का भी वही सिद्धांत है, जो कि कुछ लोगों पर नियंत्रण के सिद्धांत का है: यह केवल उनकी संख्या को विभाजित करने का सवाल है।
2. आपकी आज्ञा के तहत एक बड़ी सेना के साथ लड़ना एक छोटी सेना से लड़ने से अलग है: यह केवल चिह्नों और संकेतों को स्थापित करने का सवाल है।
3. यह सुनिश्चित करने के लिए कि आपका पूरा मेजबान दुश्मन के हमले का खामियाजा भुगत सकता है और दुखी रहेगा- यह युद्धाभ्यास प्रत्यक्ष और अप्रत्यक्ष रूप से प्रभावित होता है।
4. आपकी सेना की टक्कर ऐसी होनी चाहिए, जैसी कि अंडे की पत्थर से- यह कमजोर और मजबूत बिंदुओं के विज्ञान द्वारा प्रभावित होता है।
5. सभी लड़ाई में, प्रत्यक्ष पद्धति का उपयोग लड़ाई में शामिल होने के लिए किया जा सकता है, लेकिन जीत हासिल करने के लिए अप्रत्यक्ष तरीकों की आवश्यकता होगी।
6. कुशलता से लागू की गई अप्रत्यक्ष रणनीतियां स्वर्ग और पृथ्वी की तरह अटूट हैं, कभी न खत्म होने वाली नदियों और धाराओं के प्रवाह की तरह; सूर्य और चंद्रमा की तरह, वे समाप्त होती हैं, लेकिन नए सिरे से शुरुआत करती हैं; चार ऋतुओं की तरह, वे एक बार फिर लौटने के लिए गुजर जाती हैं।
7. पांच से अधिक संगीत स्वर नहीं हैं, फिर भी इन पांचों के संयोजन से अधिक धुनों को जन्म दिया जा सकता है, जिन्हें कभी भी सुना जा सकता है।
8. पांच से अधिक प्राथमिक रंग (नीला, पीला, लाल, सफेद, और काला) नहीं हैं, फिर भी संयोजन में वे पहले

से कहीं अधिक रंग पैदा करते हैं, जिन्हें कभी भी देखा जा सकता है।

9. पांच से अधिक कार्डिनल स्वाद (खट्टा, तीखा, नमकीन, मीठा, कड़वा) नहीं होते हैं, फिर भी उनके संयोजन से अधिकाधिक स्वाद पैदा होता है, जिनका स्वाद कभी भी लिया जा सकता है।
10. लड़ाई में, हमले के दो से अधिक तरीके नहीं हैं- प्रत्यक्ष और अप्रत्यक्ष; फिर भी ये दोनों संयोजन युद्धाभ्यास की एक अंतहीन श्रृंखला को जन्म देते हैं।
11. प्रत्यक्ष और अप्रत्यक्ष रूप से बारी-बारी से एक-दूसरे का नेतृत्व करते हैं। यह एक सर्कल में जाने जैसा है-आप कभी भी समाप्ति के निकट नहीं पहुंचते हैं। कौन उनके संयोजन की संभावनाओं को समाप्त कर सकता है?
12. सैनिकों की शुरुआत एक तूफानी प्रवाह की तरह होती है, जो अपने मार्ग में आने वाले पत्थरों को भी हिला देता है।
13. निर्णय की गुणवत्ता एक बाज की समयोचित निर्णय की तरह होती है, जो इसे अपने शिकार पर हमला करने और नष्ट करने में सक्षम बनाती है।
14. इसलिए अच्छा सेनानी अपनी शुरुआत में भयानक होता है और अपने निर्णय में शीघ्रता करता है।
15. ऊर्जा की तुलना धनुष के मुड़ने की क्रिया से की जा सकती है, लेकिन निर्णय तो तीर के छोड़ने पर ही होगा।
16. उथल-पुथल और लड़ाई-झगड़े के बीच में अव्यवस्था उत्पन्न हो सकती है, फिर भी यह कोई वास्तविक अव्यवस्था नहीं है; भ्रम और अराजकता के बीच आप बिना किसी चित्त-पट्ट के सुव्यवस्थित बने रहें, फिर भी यह हार के खिलाफ सबूत होगा।
17. नकली विकार पूर्ण अनुशासन का अनुकरण करता

है, नकली डर साहस का अनुकरण करता है; नकली कमजोरी ताकत को बढ़ावा देती है।

18. अव्यवस्थित लबादे के अंतर्गत गोपनीय व्यवस्था केवल उपखंड का सवाल है; सामयिकता के एक प्रदर्शन के तहत साहस को छुपाना अव्यक्त ऊर्जा का एक कोष निधारित करता है; मुखौटा ओढ़े हुए कमजोरी युक्तिपूर्ण प्रबंधन से प्रभावित होती है।

19. इस प्रकार जो दुश्मन को गतिमान बनाए रखने में निपुण है, वह कपटी दिखावे को बनाए रखता है, जिसके अनुसार दुश्मन प्रतिक्रिया करता है। वह कुछ चीजों का परित्याग करता है, जिन्हें दुश्मन छीने।

20. चारा डालकर वह उसे कूच कराता है; फिर चुने हुए आदमियों के साथ वह उस पर घात लगाता है।

21. चालाक योद्धा संयुक्त ऊर्जा के प्रभाव को देखता है और उसे व्यक्ति विशेष की कोई बहुत अधिक आवश्यकता नहीं होती है। इसलिए उसकी योग्यता सही लोगों को चुनना और संयुक्त ऊर्जा का उपयोग करना है।

22. जब वह संयुक्त ऊर्जा का उपयोग करता है तो उसके सैनिक ऐसे बन जाते हैं, जैसे कि लढे या पत्थर, क्योंकि लढे या पत्थर की प्रकृति यह होती है कि वह समतल मैदान पर और ढलान पर गतिहीन होता है; अगर चौकोर है तो कहीं भी रुक जाता है और अगर बेलनाकार है तो वह लुढ़कता रहता है।

23. इस प्रकार अच्छे योद्धाओं द्वारा पैदा की गई ऊर्जा उस गोल पत्थर की गति के समान है, जो हजारों फीट ऊंचाई से एक पहाड़ से नीचे गिरने के दौरान पैदा होती है। ऊर्जा के विषय में इतना कहना पर्याप्त है।

6.
कमजोर एवं मजबूत बिंदु

1. सुन त्ज़ू ने कहा- जो भी पहले मैदान में होगा और दुश्मन के आने का इंतजार करेगा, वह लड़ाई के लिए तरोताजा होगा; जो भी मैदान में बाद में आएगा और जल्दबाजी करेगा तो वह लड़ाई में थका-थका-सा रहेगा।
2. इसलिए चालाक योद्धा अपनी इच्छा शत्रु पर थोपता है, लेकिन शत्रु की इच्छा को अपने ऊपर पर थोपने की अनुमति नहीं देता है।
3. दुश्मन पर बढ़त लेकर वह दुश्मन को अपने अनुसार दृष्टिकोण का कारण देता है या नुकसान पहुंचाकर वह दुश्मन के लिए असंभव कर देता है कि दुश्मन उसके निकट पहुंच सके।
4. अगर दुश्मन उसे हल्के में ले रहा है तो वह उसे परेशान कर सकता है; अगर उसे भोजन की अच्छी तरह से आपूर्ति की जाती है तो वह उसे भूखा मार सकता है; अगर चुपचाप उसे घेर लिया जाए तो वह उसे हिलने के लिए मजबूर कर सकता है।
5. वह उन बिंदुओं पर प्रकट होता है, जिन पर दुश्मन प्रतिरोध करने से बचता है; उन जगहों पर तेजी से मार्च करता है, जहां आपको उम्मीद नहीं होती।
6. एक सेना बिना किसी तनाव के बड़ी दूरी तय कर सकती है, अगर वह देश में मार्च करती है, जहां दुश्मन नहीं है।
7. आप अपने हमलों में सफल होना सुनिश्चित कर

सकते हैं, यदि आप केवल उन जगहों पर हमला करते हैं, जो अनरक्षित हैं। आप अपने बचाव की सुरक्षा केवल उन स्थितियों में सुनिश्चित कर सकते हैं, जिनमें हमला नहीं किया जा सकता है।

8. इसलिए वही जनरल हमले में निपुण है, जिसका विरोधी नहीं जानता कि किसका बचाव करना है और वही रक्षा में निपुण है, जिसका विरोधी नहीं जानता कि उसे किस पर हमला करना है।
9. हे विलक्षणता और गोपनीयता की दिव्य कला! तुम्हारे माध्यम से हम अदृश्य होना सीखते हैं, तुम्हारे द्वारा ही अश्रव्य होना और इसलिए हम अपने हाथों में दुश्मन के भाग्य को पकड़ सकते हैं।
10. यदि आप दुश्मन के कमजोर बिंदुओं को जानते हैं तो आप बढ़त बनाते हुए बिल्कुल अप्रतिरोध्य हो सकते हैं; यदि आपकी चाल दुश्मन की तुलना में अधिक तेज है तो आप रिटायर हो सकते हैं और सुरक्षित रह सकते हैं।
11. अगर हम लड़ना चाहते हैं तो दुश्मन को एक उच्च प्राचीर और गहरी खाई के पीछे आश्रय लेने पर भी मजबूर किया जा सकता है। बस हमें जो करने की जरूरत है, वह है दूसरी जगह पर हमला करना, जिससे कि वह राहत देने के लिए बाध्य होगा।
12. यदि हम युद्ध नहीं करना चाहते हैं तो हम दुश्मन

को अपने आपको उलझाने से रोक सकते हैं, भले ही हमारे अतिक्रमण की रेखाएं जमीन पर खींच दी जाएं। हमें जो करना है, वह यह है कि बस हमें उसके रास्ते में कुछ अजीब और अनुत्तरदायी पांसे फेंकने की जरूरत है।

13. दुश्मन के स्वभाव को जानकर और स्वयं को अदृश्य रखने की खोज करके हम अपनी शक्तियों को केंद्रित रख सकते हैं, जबकि दुश्मन विभाजित हो जाए।
14. हम एक संयुक्त शरीर का निर्माण कर सकते हैं, जबकि दुश्मन को टुकड़ों में, ताकि संयुक्त रूप में विभाजित टुकड़ों के खिलाफ कार्यवाही को अंजाम दिया जा सके, जिसका मतलब है कि हम दुश्मन के लिए पर्याप्त हैं।
15. और अगर हम इस प्रकार एक बेहतर बल के साथ एक हमला करने में सक्षम हैं तो हमारे विरोधी सख्त तनाव में होंगे।
16. जिस स्थान पर हम लड़ने का इरादा रखते हैं, उसके बारे में किसी को ज्ञात नहीं होना चाहिए तब दुश्मन को अपने आपको कई अलग-अलग बिंदुओं पर संभावित हमले के खिलाफ तैयार करना होगा और उसकी सेना कई दिशाओं में विभाजित हो जाएगी, वह संख्या जिसका हमें सामना करना

पड़ेगा, वह आनुपातिक रूप से कम होगी।

17. जब दुश्मन अपने अग्र भाग को मजबूत करेगा तो वह अपने पिछले भाग को कमजोर करेगा; जब वह अपने पिछले भाग को मजबूत करेगा तो इससे उसका अग्र भाग कमजोर हो जाएगा; जब वह अपने बाएं पक्ष को मजबूत करेगा तो उसका दायां पक्ष कमजोर हो जाएगा; जब वह अपना दायां पक्ष मजबूत करेगा तो उसका बायां पक्ष कमजोर हो जाएगा। यदि वह हर जगह सैन्य सहायता लेना चाहेगा तो वह हर जगह कमजोर होगा।

18. संभावित हमलों के खिलाफ सावधानी की मुद्रा में रहने से संख्यात्मक कमजोरी आती है; संख्यात्मक शक्ति, हमारे विरोधी को मजबूर करने से लेकर हमारे खिलाफ तैयारी करने तक।

19. होने वाली लड़ाई का स्थान और समय जानने के बाद तो फिर हम सबसे बड़ी दूरी से लड़ने के लिए ध्यान केंद्रित कर सकते हैं।

20. लेकिन अगर न तो समय और न ही जगह का पता हो तो बायां पक्ष दाएं पक्ष की सहायता करने में असमर्थ हो जाएगा और उसी तरह दायां पक्ष बाएं पक्ष की सहायता करने में असमर्थ होगा, अग्र भाग पिछले भाग को सहायता देने में असमर्थ होगा या फिर पिछला भाग अग्र भाग की सहायता करने में

असमर्थ होगा। तब क्या होगा, अगर सेना का अग्र भाग सैकड़ों किलोमीटर की दूरी पर हो और निकट का भी कुछेक किलोमीटर की दूरी पर!

21. यद्यपि मेरे अनुमान के अनुसार दुश्मन के सैनिक हमारी संख्या से अधिक हैं, जिससे उन्हें जीत के मामले में कुछ भी फायदा नहीं होगा। मैं कहता हूं कि तब जीत हासिल की जा सकती है।

22. यद्यपि दुश्मन संख्या में मजबूत हो, फिर भी हम उसे लड़ने से रोक सकते हैं। योजना बनाएं, ताकि उसकी सफलता की संभावना की खोज की जा सके।

23. उसे उत्तेजित करें और उसकी गतिविधि या निष्क्रियता की स्थिति को जानें। उसे खुद को प्रकट करने के लिए मजबूर करें, ताकि उसकी कमजोरी का पता लगाया जा सके।

24. अपनी सेना की तुलना विरोधी सेना से सावधानी से करें, ताकि आप जान सकें कि ताकत कहां से प्रचुर मात्रा में है और कहां कम है।

25. युक्तिपूर्ण प्रबंधन बनाने में आप जिस उच्चतम सारतत्व को प्राप्त कर सकते हैं, उसे छुपाए रखें; अपने प्रबंधनों को छुपाएं और इस प्रकार आप अपने आपको जासूसों की ताक-झांक से, कुशल मस्तिष्क की योजनाओं से सुरक्षित रख सकते

26. शत्रु की रणनीति को भेदकर कैसे जीत को उत्पन्न किया जा सकता है–यह वह है जो बड़ी संख्या में लोग नहीं समझ सकते।

27. सभी लोग उस कार्यनीति को देख सकते हैं जिससे मैं जीतता हूं, लेकिन जिसे कोई भी नहीं देख सकता है, वह है रणनीति, जो कि इसके लिए तैयार होती है।

28. उन रणनीतियों को न दोहराएं जिनसे आपको जीत हासिल हुई है, लेकिन रणनीतियों को विभिन्न प्रकार की परिस्थितियों द्वारा विनियमित किया जाना चाहिए।

29. सैन्य रणनीतियां पानी की तरह होती है; पानी अपने प्राकृतिक लक्षण के अनुसार उच्च स्थान से नीचे की ओर बहता है।

30. इसी तरह युद्ध में जो मजबूत है, उससे बचो और जो कमजोर है, उस पर वार करो।

31. पानी अपने आकार को उस जमीन की प्रकृति के अनुसार बदलता रहता है, जिस पर वह बहता है; सैनिक अपने उस शत्रु के संबंध में अपनी विजय प्राप्त करता है, जिसका वह सामना कर रहा है।

32. इसलिए जैसे पानी का कोई निश्चित आकार नहीं होता है, वैसे ही युद्ध में भी कोई निश्चित स्थिति नहीं होती है।

33. वह, जो अपने प्रतिद्वंद्वी के संबंध में अपनी रणनीति को संशोधित करता है और जिससे जीतने में सफल होता है, उसे दिव्य नायक कहा जा सकता है।

34. पांच तत्त्व (जल, अग्नि, लकड़ी, धातु, पृथ्वी) हमेशा समान रूप से प्रबल नहीं होते हैं। चार ऋतुएं बारी-बारी से एक-दूसरे के लिए रास्ता बनाती हैं। दिन छोटे और लंबे होते हैं; चंद्रमा का भी घटना और बढ़ना होता रहता है।

7.
युक्तिपूर्ण युद्ध

1. सुन त्ज़ू ने कहा- युद्ध में, सेनापति अपनी शक्ति राज्य से प्राप्त करता है।
2. सेना को एकत्र करके और उस सेना पर केंद्रित होकर, उसे अपना शिविर छोड़ने से पहले अलग-अलग तत्त्वों में सामंजस्य करना चाहिए।
3 उसके बाद युक्तिपूर्ण युद्ध आता है, जिससे अधिक कठिन कुछ भी नहीं है। युक्तिपूर्ण युद्ध की कठिनाई में कुटिल को प्रत्यक्ष में बदल दिया जाता है और दुर्भाग्य को लाभ में।
4. इस प्रकार एक लंबा और घुमावदार रास्ता लेना, फिर दुश्मन को रास्ते से भटकाना और फिर उसका पीछा करना, फिर दुश्मन से पहले लक्ष्य तक पहुंचना, यह सब विचलन की कलात्मकता को दिखाता है।
5. सेना के साथ युद्धाभ्यास करना लाभप्रद है; जबकि एक अनुशासनहीन सेना के साथ सबसे खतरनाक।
6. यदि आप पूरी तरह से सुसज्जित सेना के साथ मार्च करते हैं, तो संभावना है कि आपको वहां पहुंचने में बहुत देर हो जाए। दूसरी ओर आधे-अधूरे सैन्य दल को भेजने पर संभावना है कि उनका भंडार और सामान पीछे छूट जाए।
7. इस प्रकार यदि आप अपने आदमियों को सज-धजकर चलने का आदेश देते हैं और दिन या रात बिना रुके, क्षमता से अधिक दोगुना दूरी और तो सैकड़ों किलोमीटर की बढ़त लेने के लिए मार्च करते हैं तो आपके सभी तीनों विभागों के नायक दुश्मन के हाथों में चले जाएंगे।

8. जितने मजबूत आदमी होंगे, वे सबसे आगे होंगे और थके हुए पीछे रह जाएंगे और इस योजना के अनुसार आपकी सेना का दसवां हिस्सा ही मंजिल तक पहुंच पाएगा।
9. यदि आप दुश्मन पर बढ़त पाने के लिए पचास किलोमीटर मार्च करते हैं, तो आप अपने पहले हिस्से के नायक को खो देंगे और केवल आधी सेना ही लक्ष्य तक पहुंच पाएगी।
10. यदि आप सामान उद्देश्य के साथ तीस किलोमीटर मार्च करते हैं, तो आपकी सेना का दो-तिहाई हिस्सा ही लक्ष्य तक पहुंच पाएगा।
11. हम इसे ऐसे समझ सकते हैं कि सेना अपने सैन्य-सज्जा के अभाव में हार जाएगी; खाद्य सामग्री के अभाव में हार जाएगी; बिना रसद-आपूर्ति के अभाव में हार जाएगी।
12. जब तक हम अपने साथियों के व्यवहार से परिचित नहीं होंगे, तब तक हम गठबंधन में प्रवेश नहीं कर सकते।
13. हम तब तक सेना का नेतृत्व करने के लिए उपयुक्त नहीं होंगे, जब तक कि हम उस देश के पहाड़ों और जंगलों, उसके नुकसान और अवक्षेप, उसके दलदल से परिचित नहीं हो जाते।
14. जब तक हम स्थानीय पथ-प्रदर्शक का उपयोग नहीं करेंगे, तब तक हम अपने खाते में स्वाभाविक लाभ नहीं ला पाएंगे।
15. युद्ध में आप अपनी वास्तविक भावनाओं को छिपाएं

और तब आप सफल होंगे।

16. अपनी सेना को एकजुट करके रखें या विभाजित करके, यह परिस्थितियों पर निर्भर करता है।
17. आपकी तेजी हवा की मानिंद होनी चाहिए और गठन जंगल की तरह।
18. छापेमारी और लूट में आग की तरह होना, पहाड़ की अचलता तरह है।
19. अपनी योजनाओं को गुप्त और रात्रि में अभेद्य बनाएं और जब आप चलें तो वज्रपात-सा हो।
20. जब आप एक ग्रामीण इलाकों को लूटते हैं तो लूट को अपने लोगों में विभाजित करें; जब आप नए क्षेत्र पर कब्जा करें तो सैनिकों के लाभ के लिए उसे उनमें आवंटित करें।
21. आप एक चाल चलने से पहले चिंतन-मनन करें।
22. उसे ही जीत मिलेगी जिसने लीक से हटकर चलने की कला सीख ली। यही है युक्तिपूर्ण युद्ध की कला।
23. सैन्य प्रबंधन की किताब कहती है-लड़ाई के क्षेत्र में कहे गए शब्द बहुत दूर तक नहीं जाते हैं, इसलिए गोंग और ड्रम की जरूरत होती है और न ही साधारण वस्तुओं को पर्याप्त रूप से देखा जा सकता है, इसलिए बैनर और झंडों की जरूरत होती है।
24. गोंग और ड्रम, बैनर और झंडे, ऐसे साधन हैं जिनके द्वारा मेजबान के कान और आंखें एक विशेष बिंदु पर केंद्रित हो सकती हैं।
25. मेजबान इस प्रकार एक एकल शरीर बनाता है कि जिसमें यह असंभव होता है कि बहादुर अकेले आगे

बढ़े या कायर अकेले पीछे हटें। यह पुरुषों के बड़े जन-समूह को संभालने की एक कला है।

26. रात की लड़ाई में फिर सिग्नल-फायर और ड्रम का अधिक उपयोग करें और दिन के समय झंडे और बैनर का प्रयोग अपनी सेना को निर्देशित करने के लिए करें।

27. एक पूरी सेना का अपनी अंतरात्मा से जोश कम हो सकता है; एक कमांडर-इन-चीफ को थकान हो सकती है।

28. सैनिक का उत्साह सुबह के समय चरम पर होता है; दोपहर तक यह कम होना शुरू हो जाता है और शाम के समय उसका मन वापस पड़ाव पर लौट आता है।

29. एक चालाक जनरल इसलिए अपनी सेना को आगे नहीं ले जाता है, जब उसकी सेना का उत्साह कम हो; लेकिन वह तब हमला करता है, जब दूसरी सेना सुस्त होती है और वापस लौटने के लिए तत्पर होती है। यही तो मनोदशा का अध्ययन करने की कला है।

30. अनुशासित होकर और शांतिपूर्वक, दुश्मन के बीच अव्यवस्था और शोरगुल पैदा होने का इंतजार करना-यह आत्म-आधिपत्य बनाए रखने की कला है।

31. लक्ष्य के पास होना, जबकि दुश्मन अभी भी उससे दूर हो; इंतजार करना, जबकि दुश्मन मेहनत और संघर्ष कर रहा हो; अच्छी तरह से पेट का भरा हुआ होना, जबकि दुश्मन भूखा हो- यही तो किफायत से ताकत का प्रबंध करने की कला है।

32. शत्रु को बीच में रोककर शांत और आत्मविश्वास से

भरी उसकी सेना पर हमला करने से बचना चाहिए। यह परिस्थितियों का अध्ययन करने की कला है।

33. यह एक सेना का स्वयंसिद्ध वक्तव्य है कि उस दुश्मन के खिलाफ न लड़ें, जो ऊंचाई पर हो और न ही उस दुश्मन का विरोध करें, जो नीचे की ओर आ रहा हो।
34. उस दुश्मन का पीछा न करें, जो लड़ाई का मैदान छोड़कर भाग रहा हो; उस सेना पर हमला न करें, जो घुटनों के बल झुक गई हो।
35. शत्रु द्वारा उपलब्ध कराए गए चारे को न निगलें। घर लौटने वाली सेना के साथ हस्तक्षेप न करें।
36. जब आप एक सेना को घेर लेते हैं तो उसके भागने के लिए एक रास्ता खुला छोड़ दें। निराश सेना को अधिक न दबाएं।
37. यही तो युद्ध की कला है।

8.
कार्यनीति में विविधता

1. सुन त्ज़ू ने कहा- युद्ध में जनरल अपनी संप्रभुता से अपने निर्देश प्राप्त करता है, अपनी सेना एकत्र करता है और अपनी सेनाओं पर ध्यान केंद्रित करता है।
2. जब देश में मुश्किल हो तो घेराबंदी न करें। देश में जहां ऊंची सड़कें आपस में मिलती हैं, इसी तरह अपने सहयोगियों के साथ हाथ मिलाएं। खतरनाक रूप से अलग-थलग स्थिति में न ठहरें। घिरी हुई स्थिति में अपने आपको चालाकी से बचाएं। हताश स्थिति में आपको लड़ना होगा।
3. ऐसे रास्ते हैं, जिनका पालन नहीं किया जाना चाहिए; ऐसी सेनाएं हैं, जिन पर हमला नहीं किया जाना चाहिए; ऐसे कस्बे हैं, जिनकी घेराबंदी नहीं होनी चाहिए; ऐसी परिस्थितियां हैं, जिन पर तर्क न करें; राज्य के ऐसे आदेश हैं, जिनका पालन नहीं किया जाना चाहिए।
4. वह जनरल, जो रणनीति के बदलाव के साथ होने वाले फायदों को अच्छी तरह से समझता है कि अपने सैनिकों को कैसे नियंत्रित करना है।
5. वह जनरल, जो इनको नहीं समझता है, वह देश के विन्यास से अच्छी तरह परिचित हो सकता है, फिर भी वह अपने ज्ञान का व्यावहारिक उपयोग नहीं कर सकेगा।

6. इसलिए युद्ध के छात्र, जो युद्ध की कला में अपनी योजनाओं को बदलने में अव्यावहारिक हैं, भले ही वह पांच फायदों से परिचित हों, वे अपने आदमियों का सबसे अच्छा उपयोग करने में विफल रहेंगे।

7. इसलिए बुद्धिमान नेता की योजनाओं में, लाभ और हानि के विचारों को एक साथ मिलाकर रखा जाता है।

8. यदि इस तरह से लाभ की संभावनाओं को देखें तो हम अपनी योजनाओं के आवश्यक हिस्से को पूरा करने में सफल हो सकते हैं।

9. अगर दूसरी ओर कठिनाइयों के बीच में हम हमेशा एक फायदा उठाने के लिए तैयार रहते हैं तो हम खुद को दुर्भाग्य से निकाल सकते हैं।

10. शत्रुतापूर्ण प्रमुखों की गतिविधियों को उनकी हानि कम करके सीमित करें और उनके लिए मुसीबत खड़ी करें और उन्हें लगातार व्यस्त रखें; विशिष्ट आवंटन को रोकें और उन्हें उसकी ओर आकर्षित करके रखें।

11. युद्ध की कला हमें दुश्मन के न आने की संभावना पर भरोसा करना सिखाती है, न कि उसका सामना करने की हमारी अपनी तत्परता पर; उसके हमला न करने के मौके पर नहीं कि वह हमला नहीं करेगा, बल्कि इस तथ्य पर कि हम अपनी स्थिति

को ऐसा बनाएं कि वह अकाट्य हो।

12. पांच खतरनाक दोष हैं, जो एक जनरल को प्रभावित कर सकते हैं–

    1. लापरवाही, जो विनाश की ओर ले जाती है।
    2. कायरता, जिसके कारण कब्जा हो जाता है।
    3. वह उग्र स्वभाव, जो अपमान के कारण जाग उठता है।
    4. सम्मानित विनम्रता, जो लज्जा के प्रति संवेदनशील होती है।
    5. अपने पुरुषों का अधिकाधिक ध्यान रखना, जिससे चिंता और परेशानी पैदा होती है।

13. किसी जनरल को घाव देने वाली और बरबाद करने वाली पांच बड़ी गलतियां हैं, जो युद्ध के संचालन के लिए हानिकारक हैं।

14. जब एक सेना को उखाड़ फेंका जाता है और उसक नेता मारे जाते हैं, तो इसका कारण निश्चित रूप से इन पांच बड़ी गलतियों में से एक हो सकता है। उन्हें ध्यान का विषय अवश्य बनाएं।

९.
सेना का प्रयाण

1. सुन त्ज़ू ने कहा- अब हम सेना को घेरने और दुश्मन के संकेतों को देखने के सवाल पर आते हैं। पहाड़ों पर जल्दी से गुजरें और घाटियों के निकट रहें।
2. धूप का सामना करना ऊंचे स्थानों पर शिविर लगाएं। लड़ने के लिए ऊंचाइयों पर न चढ़ें। पहाड़ की लड़ाई के लिए यह पर्याप्त है।
3. किसी नदी को पार करने के बाद आपको उससे बहुत दूर चले जाना चाहिए।
4. जब एक हमलावर बल आगे की ओर बढ़ता हुआ नदी को पार करता है, तो उससे बीच धारा में लड़ने के लिए आगे न बढ़े। आधी सेना को पार करने दें यह सबसे अच्छा होगा और फिर हमला करें।
5. यदि आप लड़ने के लिए उत्सुक हैं तो आप नदी के पास हमलावर से लड़ने के लिए न जाएं, जिसे उसे पार करना है।
6. सूरज का सामना करते हुए अपनी सेना को दुश्मन से अधिक ऊंचाई पर ही रखें। शत्रु से मिलने के लिए कभी भी नदी की धारा के बीच न जाएं। नदी में युद्ध करने के लिए इतना ही पर्याप्त है।
7. नमक की दलदल को पार करते हुए आपकी एकमात्र चिंता बिना किसी देरी के उसे जल्दी से पार करने की होनी चाहिए।
8. अगर नमक-दलदल में लड़ने के लिए मजबूर किया जाए तो आपके पास पानी और घास होनी चाहिए और आपके पीछे पेड़ों का झुरमुट भी। नमक-दलदल में कार्यवाही करने के लिए यही पर्याप्त है।

9. शुष्क एवं समतल देश में अपने दाईं तरफ और अपने पीछे की तरफ बढ़ते हुए मैदान के साथ आसानी से सुलभ स्थिति को अपनाएं, ताकि खतरा सामने हो तो सुरक्षा पीछे रहे। समतल देश में युद्ध के लिए पर्याप्त है।
10. यह सैन्य ज्ञान की चार उपयोगी शाखाएं हैं, जो कि पीत सम्राट को जीतने के लिए चार शासकों को सक्षम बनाती हैं।
11. सभी सेनाएं निचले मैदान की तुलना में ऊंचे मैदान को और अंधेरे वाली जगह की तुलना में प्रकाशमय जगह को पसंद करती हैं।
12. यदि आप अपने आदमियों से सावधान रहते हैं और कठोर मैदान पर डेरा डालते हैं तो सेना हर तरह की बीमारी से बची रहेगी और इससे जीत हासिल होगी।
13. जब आप एक पहाड़ी या नदी के किनारे आएं तो अपने दाहिने ओर के ढलान से धूप वाले मैदान पर नियंत्रण करें। इस प्रकार आप एक बार फिर अपने सैनिकों के लाभ के लिए कार्य करेंगे और जमीन के प्राकृतिक लाभों का उपयोग करेंगे।
14. जब भारी बारिश के परिणामस्वरूप नदी, जिसे आप पार करना चाहते हैं, उसमें बाढ़ आई हुई हो तो आपको तब तक इंतजार करना चाहिए, जब तक यह शांत न हो जाए।
15. जिस देश में प्रपाती चट्टानें हों जिनके बीच तेज जलधारा बहती हो, गहरे प्राकृतिक गड्ढे हों, कंटीली झाड़ियां हों, दलदल और दरारें हों, ऐसी जगह को

जितना जल्दी हो सके, छोड़ दिया जाना चाहिए।

16. जबकि हम ऐसी जगहों से दूर रहें। हमें चाहिए कि दुश्मन वहां जरूर जाएं; जब हम दुश्मन का सामना करें तो हमें चाहिए कि दुश्मन के पीछे हों।
17. यदि आपके शिविर के पास कोई पहाड़ी जगह हो, जलीय घास से घिरा तालाब हो, नरकटों से भरे खोखले गडढे हों या घने जंगल हों तो उनकी बड़ी सावधानी से जांच-पड़ताल कर लेनी चाहिए; क्योंकि यह वे स्थान हैं, जहां शत्रु सैनिकों या गुप्तचरों के छिपे होने की संभावना होती है।
18. जब दुश्मन पास में होता है और शांत रहता है तो वह अपनी स्थिति की स्वाभाविक शक्ति पर भरोसा करता है।
19. जब वह अलग रहता है और लड़ाई को भड़काने की कोशिश करता है तो वह उत्सुक होता है कि दूसरा पक्ष आगे बढ़े।
20. यदि उसकी जगह पर अतिक्रमण करना आसान है तो इसका मतलब है कि वह एक चारा पेश कर रहा है।
21. जब जंगल के पेड़ों के बीच गतिविधि होती है तो पता चलता है कि दुश्मन आगे बढ़ रहा है। मोटी घास की आड़ में होने वाली गतिविधियों का मतलब है कि दुश्मन हमें संदिग्ध बनाना चाहता है।
22. पक्षियों का ऊंचाई तक उड़ना शत्रु के घात लगाकर बैठने का संकेत है। चौंका देने वाले जानवरों से संकेत मिलता है कि अचानक होने वाला हमला ठीक सामने ही है।

23. जब धूल ऊंचाई तक उठ रही हो तो यह रथों के आगे बढ़ने का संकेत है; जब धूल कम होती है, बल्कि एक विस्तृत क्षेत्र में फैल जाती है तो यह पैदल सेना के आगे बढ़ने का संकेत होता है। जब यह अलग-अलग दिशाओं में विभाजित हो तो यह दर्शाता है कि दलों को सामान इकट्ठा करने के लिए भेजा गया है। धूल के कुछ बादलों का इधर-उधर घूमना संकेत देता है कि सेना पड़ाव डाल रही है।
24. विनम्र शब्द और बढ़ी हुई तैयारी यह संकेत है कि दुश्मन आगे बढ़ने वाला है। हिंसक भाषा और आगे बढ़ना जैसे कि हमले के संकेत हैं कि वह पीछे हट जाएगा।
25. जब हल्के रथ पहले बाहर आते हैं और अपनी जगह लेते हैं तो यह एक संकेत है कि दुश्मन लड़ाई के लिए तैयार हो रहा है।
26. शांति प्रस्ताव से बिना किसी शपथ के एक कुचक्र का संकेत मिलता है।
27. जब बहुत भागदौड़ होती है और सैनिक पंक्तिबद्ध होते हैं, तो इसका मतलब है कि महत्त्वपूर्ण क्षण आ गया है।
28. जब कुछ आगे बढ़ते हैं और कुछ पीछे हटते हैं तो यह एक प्रकार के लालच का संकेत है।
29. जब सैनिक अपने भालों पर झुककर खड़े होते हैं तो वे भोजन की इच्छा से बेहोश हो जाते हैं।

30. अगर वे, जिन्हें पानी लेने के लिए भेजा जाता है, वे खुद पीने लगें तो यह इस बात का संकेत है कि सेना प्यास से पीड़ित है।
31. यदि दुश्मन को फायदा होता है और उसे सुरक्षित करने के लिए कोई प्रयास नहीं करता है तो समझो सैनिक थके हुए हैं।
32. यदि पक्षी किसी भी स्थान पर इकट्ठा होते हैं तो इसका मतलब है कि वह जगह कब्जे में नहीं है। रात में कोलाहल का होना अधीरता का संकेत है।
33. अगर पडाव में गड़बड़ी है तो जनरल की पकड़ कमजोर है। अगर बैनर और झंडे बदले हुए हों तो राजद्रोह की बात सामने आती है। अगर अधिकारी नाराज हैं तो इसका मतलब है कि सैनिक थके हुए हैं।
34. जब कोई सेना अपने घोड़ों को अनाज खिलाती है और भोजन के लिए अपने मवेशियों को मारती है और जब सैनिक आग पर खाना पकाने के बरतन नहीं रखते हैं तो यह दर्शाता है कि वे अपने शिविरों में नहीं लौटेंगे। इसका सीधा-सा मतलब है कि वे लड़ने के लिए दृढ़ हैं।
35. यह दृश्य कि सैनिक समूहबद्ध हो एक साथ फुसफुसाते हुए या दबे हुए स्वर में बोलते हैं तो यह सैन्य पद और क्रम की असंतुष्टि का संकेत है।
36. बहुत बार पुरस्कार यह दर्शाता है कि दुश्मन अपने

संसाधनों को समाप्त करने के निकट है; बहुत अधिक तनाव में अधिकाधिक सजा का दिया जाना धोखेबाजी को प्रकट करता है।

37. पहले तो डींगें मारने वाले बनना, फिर दुश्मन की संख्या देखकर पैर पीछे खींचना, बुद्धिमत्ता की सर्वोच्च कमी को दर्शाता है।

38. जब दूतों को शुभकामनाओं के साथ भेजा जाता है तो यह एक संकेत है कि दुश्मन कुछ समय के लिए समझौता चाहता है।

39. अगर दुश्मन की टुकड़ी गुस्से में आगे बढ़ती है और लंबे समय तक लड़ाई में शामिल हो या खुद को फिर से उतारे बिना लंबे समय तक हमारा सामना कर रही है तो यह ऐसी स्थिति है, जो बहुत सतर्कता और चौकसी की मांग करती है।

40. अगर हमारी सेना दुश्मन से अधिक नहीं है, लेकिन पर्याप्त संख्या में है; इसका केवल यह अर्थ है कि कोई भी सीधा हमला नहीं किया जा सकता है। हम जो कुछ कर सकते हैं, वह यह है कि हम अपनी सारी उपलब्ध शक्ति को केंद्रित करें, दुश्मन पर कड़ी नजर रखें और सुदृढ़ीकरण प्राप्त करें।

41. वह, जो बड़ी सावधानी से योजना बनाने का अभ्यास नहीं करता है, बल्कि अपने विरोधियों को हल्के में लेता है, वह निश्चित रूप से शत्रु द्वारा पकड़ा लिया जाता है।

42. अगर सैनिकों को आपके साथ जुड़ने से पहले दंडित किया जाए तो वे विनम्र साबित नहीं होंगे और जब तक विनम्र नहीं हों, तब तक वे किसी योग्य नहीं हैं। अगर सैनिक आपके साथ जुड़ जाएं और उन्हें दंड नहीं दिया जाए तो फिर भी वे बेकार हो जाते हैं।

43. अगर प्रशिक्षण में सैनिकों के आदेश आदतन लागू होते हैं तो सेना अच्छी तरह से अनुशासित होगी; अगर नहीं तो फिर अनुशासन खराब होगा।

44. अगर एक जनरल अपने सैनिकों पर विश्वास दिखाता है, लेकिन हमेशा अपने आदेशों का पालन करने पर जोर देता है तो लाभ पारस्परिक रूप से प्राप्त होगा।

10.
भूखंड

1. सुन त्ज़ू ने कहा- हम समझने के उद्देश्य से छः प्रकार के क्षेत्रों को भेद सकते हैं :

   1. सुलभ मैदान
   2. उलझाने वाला मैदान
   3. अवसरवादी मैदान
   4. संकरे मार्ग
   5. प्रपाती ऊंचाई
   6. दुश्मन की पहुंच से बहुत दूर तैनातियां

2. वह मैदान, जो दोनों पक्षों द्वारा स्वतंत्र रूप से पार किए जा सकें, उसे ही सुलभ मैदान कहा जाता है।
3. इस प्रकार के मैदानों की प्रकृति देखते हुए वहां पहुंचकर शत्रु से पहले ऊंचे और धूप वाले स्थानों पर अधिकार कर लें और बड़े सावधानी से अपनी रसद-आपूर्ति पर ध्यान रखें। तब आप बढ़त के साथ लड़ाई लड़ सकेंगे।
4. मैदान, जिसका परित्याग किया जा सकता है, लेकिन इस पर फिर से कब्जा करना कठिन है और इसी को जाल में फंसाना कहा जाता है।
5. इस तरह की स्थिति में अगर दुश्मन तैयार नहीं है तो आप आगे बढ़कर उसे हरा सकते हैं, लेकिन अगर दुश्मन आपके हमले के लिए तैयार है और आप उसे हराने में असफल हो जाते हैं तो वापस लौटने की असंभावना आपदा को सुनिश्चित करेगी।

6. जब स्थिति ऐसी हो कि कोई भी पक्ष पहला कदम न बढाए तो उसे ही अवसरवादी मैदान कहा जाता है।

7. इस प्रकार की स्थिति में भले ही दुश्मन आपको प्रलोभन देकर आकर्षित करे, लेकिन यह सलाह दी जाएगी कि आगे न बढ़ें, बल्कि पीछे ही रहें। इस प्रकार दुश्मन को वापस जाने के लिए लुभाएं; तब, जब उसकी सेना के सभी पक्ष उजागर हो गए हैं, हम आगे बढ़कर हमला कर सकते हैं।

8. संकीर्ण मार्ग के संबंध में, अगर आप पहले ही उन पर कब्जा कर लें तो उनकी दृढ़ता से मोर्चाबंदी कर ली जाए और दुश्मन के आने का इंतजार करें।

9. सेना को एक मार्ग पर कब्जा कर लेना चाहिए और अगर मजबूत मोर्चाबंदी हुई है तो पीछा न करें; बल्कि केवल तभी आगे बढ़ें, जब कमजोर मोर्चाबंदी हो।

10. प्रपाती ऊंचाइयों के संबंध में अगर आप पहले से ही वहां मौजूद हैं तो आपको ऊंचे स्थानों पर कब्जा कर लेना चाहिए और वहां दुश्मन के आने का इंतजार करना चाहिए।

11. यदि शत्रु ने पहले ही उन पर कब्जा कर लिया हैतो उसका पीछा न करें, बल्कि पीछे हटें और उसे दूर भगाने का प्रयास करें।

12. यदि आप दुश्मन से एक बड़ी दूरी पर स्थित हैं और दोनों सेनाओं की ताकत बराबर है तो लड़ाई को भड़काना आसान नहीं है और लड़ाई आपके के लिए लाभकारी सिद्ध न होगी।

13. ये पृथ्वी से जुड़े छः सिद्धांत हैं। जनरल जिसे एक जिम्मेदार पद मिला है, उसे बड़ी सावधानी से इनका अध्ययन करना चाहिए।

14. अब सेना को उन छः विभिन्न आपदाओं से अवगत कराया जाता है, जो प्राकृतिक कारणों से उत्पन्न नहीं होतीं, बल्कि उन गलतियों से उत्पन्न होती हैं, जिसके लिए जनरल जिम्मेदार हैं। वे यह हैं–

    1. पलायन
    2. अवज्ञा
    3. पतन
    4. विनाश
    5. अव्यवस्था
    6. कोलाहल

15. सभी स्थितियां समान हैं, अगर एक सेना अपने से दस गुना अधिक सेना के खिलाफ लड़ रही है तो परिणाम पहली सेना के पलायन के रूप में होगा।

16. जब आम सैनिक बहुत मजबूत होते हैं और उनके अधिकारी बहुत कमजोर होते हैं तो परिणाम अवज्ञा होता है। जब अधिकारी बहुत मजबूत होते हैं और

आम सैनिक बहुत कमजोर होते हैं तो परिणाम पतन होगा।

17. जब उच्च अधिकारी क्रोधित हों और अधीनस्थ शत्रु से मिलें तथा उससे रुष्ट होकर लड़ने लगें, तो इससे पहले कि सेनानायक यह बताए कि वह लड़ने की स्थिति में है या नहीं तो यह परिणाम बरबादी का सूचक होगा।

18. जब जनरल कमजोर हो और बिना अधिकार के हो; जब उसके आदेश स्पष्ट और पृथक न हों; जब अधिकारियों और सैनिकों में निश्चित कर्तव्यों का बोध न हो और पदों का गठन अव्यवस्थित रूप से किया जाता हो तो परिणाम भी बिल्कुल अव्यवस्थित ही होता है।

19. जब जनरल दुश्मन की ताकत का अनुमान लगाने में असमर्थ हो, वह एक कमजोर सेना को एक ताकतवर सेना से लड़ने के लिए निर्देशित करे या एक शक्तिशाली सेना के खिलाफ एक कमजोर टुकड़ी को भेजे और चुने गए सैनिकों को पहली पंक्ति में तैनात करने की उपेक्षा करे तो परिणाम तो विपरीत ही होगा।

20. हारने के ये छः तरीके हैं, जिन पर जनरल को ध्यान देना चाहिए, जो एक जिम्मेदार पद पर है।

21. स्वाभाविक रूप से देश का गठन सैनिकों का

सबसे अच्छा सहयोगी है लेकिन विरोधी ताकतों का अंदाजा और सेना पर जीत हासिल करने के लिए नियंत्रण और बुद्धिमानी से कठिनाइयों, खतरों और दूरियों की गणना करने की शक्ति का आकलन करना एक महान जनरल की बड़ी परीक्षा।

22. वह, जो इन चीजों को जानता है और लड़ाई में अपने ज्ञान का इस्तेमाल करता है, वही लड़ाई जीतता है। वह, जो इन चीजों को नहीं जानता है और न ही इनका लड़ाई में इस्तेमाल करता है, उसे निश्चित ही हार का सामना करना पड़ता है।

23. अगर लड़ना जीत का परिणाम है तो आपको लड़ना चाहिए, भले ही शासक इंकार करे; अगर लड़ाई से जीत हासिल नहीं होगी तो आपको नहीं लड़ना चाहिए, भले ही शासक की आज्ञा क्यों न हो।

24. वह जनरल, जो बिना किसी ख्याति और भय के पीछे हटते हैं और बिना किसी अपमान के डर के पीछे हट जाते हैं, जिसका एकमात्र विचार अपने देश की रक्षा करना हो और अपने राज्य की अच्छी सेवा करना हो, वह राज्य का गहना है।

25. अपने सैनिकों को अपने बच्चों की तरह प्यार करो और इस तरह वे आपकी आज्ञा पालन सुदूर घाटी में भी करेंगे; उन्हें अपने की ही तरह देखो और वे आपके पीछे आपके अंतिम समय तक खड़े रहेंगे।

26. अगर आप विनम्र हैं, लेकिन अपने नियंत्रण को बरकरार रखने में असमर्थ हैं; दयालु हैं, लेकिन अपने आदेशों को लागू करने में असमर्थ हैं और अव्यवस्था को रोकने के लिए अक्षम भी हैं तो तब आपके सैनिक बिगडैल बच्चों की तरह होंगे; वे किसी भी व्यावहारिक उद्देश्य के लिए अनुपयुक्त होंगे।

27. अगर हम जानते हैं कि दुश्मन हमला करने की स्थिति में हैं, लेकिन इस बात से अनजान हैं कि क्या हमारे सैनिक हमला करने के लिए तैयार हैं तो हम जीत हासिल करने केवल आधे रास्ते पर ही हैं।

28. अगर हम जानते हैं कि दुश्मन हमला करने के लिए बिल्कुल तैयार है, लेकिन इस बात से अनजान है कि हमारे अपने लोग हमला करने की हालत में नहीं हैं तो हम जीत के आधे रास्ते पर हैं।

29. अगर हम जानते हैं कि दुश्मन पर हमला करने के लिए तैयार है और इसके साथ ही यह भी जानते हैं कि हमारे लोग भी हमला करने की स्थिति में हैं, लेकिन इस बात से अनजान हैं कि लड़ाई के मैदान का स्वभाव लड़ाई को अव्यावहारिक बना सकता है, हम अभी भी जीत के आधे रास्ते पर ही हैं।

30. इसलिए अनुभवी सैनिक, जो गतिमान है, वह कभी भी हतप्रभ नहीं होता है; एक बार जब वह शिविर

को तोड़ चुका है तो वह कभी नुकसान में नहीं रहता।

31. इसलिए कहावत है–अगर आप दुश्मन को जानते हैं और खुद को जानते हैं तो आपकी जीत संदेह में नहीं पड़ेगी; अगर आप स्वर्ग को जानते हैं और नरक को जानते हैं तो आप अपनी जीत हासिल कर सकते हैं।

11.
नौ परिस्थितियां

1. सुन त्ज़ू ने कहा- युद्ध की कला नौ प्रकार के मैदानों को पहचानती है
   1. विस्तृत मैदान
   2. सरल मैदान
   3. विवादास्पद मैदान
   4. खुला मैदान
   5. राजमार्गों को परस्पर काटते मैदान
   6. गंभीर मैदान
   7. कठिन मैदान
   8. घिरा हुआ मैदान
   9. निराशाजनक मैदान
2. जब एक सरदार अपने ही क्षेत्र में लड़ रहा होता है तो वह विस्तृत मैदान होता है।
3. जब वह शत्रु के क्षेत्र में प्रवेश कर जाए, लेकिन कोई बड़ी दूरी पर नहीं है तो यह सुगम मैदान है।
4. वह अधिकारपूर्ण क्षेत्र, जिससे दोनों पक्षों को लाभ होता है, वह विवादास्पद मैदान है।
5. वह मैदान, जिस पर हर पक्ष को आवाजाही की स्वतंत्रता है, खुला मैदान है।
6. वह मैदान, जो तीन सन्निहित राज्यों की कुंजी बनाता है, ताकि वह जो इस पर पहले कब्जा कर लेता है, उसके अधिकार में साम्राज्य का अधिकांश भाग आ जाए, राजमार्गों को परस्पर काटने वाला मैदान है।
7. जब सेना एक शत्रु देश में घुस जाए तो इसके पीछे

कई किलेबंद शहर हैं, यह गंभीर मैदान है।

8. पहाड़, जंगल, ऊबड़-खाबड़ रास्ते, दलदल-पूरा देश जो यात्रा के लिए कठिन है, यह कठिन मैदान।
9. मैदान, जिसमें संकीर्ण घाटियों के माध्यम से पहुंचा जाता है और जिसमें केवल पेचीदा रास्तों से पहुंचा जा सके और दुश्मन की एक छोटी संख्या हमारे सैनिकों को कुचलने के लिए पर्याप्त हो तो यह घिरा हुआ मैदान है।
10. वह मैदान, जिस पर हम बिना देरी किए लड़कर विनाश से बच सकते हैं, वह निराशाजनक मैदान।
11. इसलिए विस्तृत मैदान पर न लड़ें। सरल मैदान पर पड़ाव न डालें। विवादास्पद मैदान पर हमला न करें।
12. खुले मैदान में दुश्मन के रास्ते को अवरुद्ध करने की कोशिश न करें। राजमार्गों को परस्पर काटने वाले मैदान पर अपने सहयोगियों के साथ हाथ मिलाएं।
13. गंभीर मैदान में लूट में शामिल हों। कठिन मैदान में लगातार मार्च जारी रखें।
14. घिरे हुए मैदान में चकमा देने के लिए तैयार रहें। निराशाजनक मैदान पर लड़ो।
15. जिन्हें कुशल नेता कहा जाता था, वे जानते थे कि दुश्मन के सामने वाले और पिछले हिस्से में कैसे फूट डालनी है; उसके बड़े और छोटे भागों के बीच सहयोग को रोकें; अच्छे सैनिक बुरे सैनिकों को सहयोग न दें और अधिकारी अपने सैनिकों को निर्देश

देने से रुकें।

16. जब दुश्मन सैनिक एकजुट होते हैं तो वे उन्हें अव्यवस्थित करने का प्रयास करते हैं।

17. जब यह उनके हित में होता है तो वे आगे कदम बढ़ाते हैं; अन्यथा वे रुके रहते हैं।

18. अगर यह पूछा जाए कि क्रमबद्ध सरणी में दुश्मन की एक बड़ी सेना का कैसे सामना करें तो मैं कहूंगा- "अपने प्रतिद्वंद्वी को प्रिय लगने वाली चीज को अपने नियंत्रण में ले लो, तब वह आपके अधीन हो जाएगा।"

19. युद्ध के लिए चालाकी आवश्यक है- दुश्मन के तैयार न होने का लाभ उठाएं, अप्रत्याशित मार्गों से अपना रास्ता बनाएं और उन बिंदुओं पर हमला करें, जिन पर वे जागरूक न हों।

20. यह सिद्धांत हमलावर सेना को ध्यान में रखना चाहिए जितना अधिक आप दुश्मन देश में प्रवेश करेंगे, उतना ही अधिक आपके सैनिकों की एकजुटता होगी और इस प्रकार दुश्मन आपको जीत नहीं पाएगा।

21. उपजाऊ जमीन को पाने के लिए अधिकाधिक प्रयास कीजिए, जिससे कि उससे आपकी सेना को रसद-आपूर्ति होती रहे।

22. अपने सैनिकों का ध्यानपूर्वक अध्ययन करें और उन पर अधिक बोझ न डालें। अपनी ऊर्जा को एकाग्र करें और अपनी शक्ति बढ़ाओ। अपनी सेना को लगातार

आगे बढ़ाते रहें और बड़ी-बड़ी योजना बनाएं।

23. अपने सैनिकों को उस स्थिति में छोड़ दें, जहां से कोई पलायन न कर सके और वे लड़ते हुए मृत्यु को प्राथमिकता दें। अगर वे मृत्यु का सामना करेंगे तो ऐसा कुछ भी नहीं है, जो वे प्राप्त नहीं कर सकते हैं। अधिकारी और सैनिक समान रूप से अपनी पूरी ताकत लगा दें।

24. सैनिक जब निराशोन्मत्त स्थिति में होते हैं तो उन्हें किसी प्रकार का कोई डर नहीं होता। अगर बचाव का कोई रास्ता न हो तो वे दृढ़ता से डटे रहते हैं। अगर वे शत्रु देश में हैं तो हठी रवैये का प्रदर्शन करते हैं। अगर इसके लिए कोई मदद नहीं मिलती है तो भी वे बड़ी बहादुरी से लड़ते हैं।

25. इस प्रकार बिना किसी निगरानी के सैनिक तैयार रहते हैं; पूछे बिना वे आपकी इच्छा पूरी करते हैं; प्रतिबंधों के बिना वे आपके प्रति वफादार रहते हैं; अतः आदेश दिए बिना भी उन पर भरोसा किया जा सकता है।

26. शगुन चिह्नों को प्रतिबंधित करके अंधविश्वासी संदेह को दूर करें। किसी भी आपदा से भयभीत न हों, जब तक मौत न आ जाए।

27. अगर हमारे सैनिकों को पैसों का कोई लालच न हो तो ऐसा नहीं है कि उनकी धन में रुचि नहीं है; अगर उनका जीवन बहुत लंबा नहीं है तो ऐसा नहीं है कि उन्हें दीर्घायु की कोई इच्छा नहीं है।

28. जिस दिन उन्हें युद्ध करने का आदेश दिया जाता है, उस दिन आपके सैनिक रो सकते हैं, जो अपने चेहरों को कपड़े से ढंककर बैठे होते हैं और जो लेटे रहते हैं, वे अपने आंसू बहाते रहते हैं, लेकिन उन्हें एक बार लड़ाई के मैदान में ले जाने दो और वे अथक साहस का प्रदर्शन करेंगे।

29. कुशल रणनीति की तुलना शुई-जन से की जा सकती है। शुई-जन एक सांप है, जो च्यांग पहाड़ों में पाया जाता है। उसके सिर पर प्रहार करोगे तो वह तुम पर अपनी पूंछ से हमला करेगा; अतः जब उसकी पूंछ पर प्रहार करोगे तो वह अपने सिर से हमला करेगा। उसके मध्य भाग पर हमला करोगे तो वह सिर व पूंछ से हमला रहेगा।

30. यह पूछे जाने पर कि क्या शुई-जन का सेना से अनुकरण किया जा सकता है, मेरा जवाब होगा, हां। चूंकि वू और यू के लोग एक-दूसरे के शत्रु हैं; फिर भी अगर वे एक ही नाव में नदी को पार कर रहे हैं और तूफान में फंस गए हैं तो वे एक-दूसरे की सहायता के लिए ऐसे आएंगे, जैसे बायां हाथ दाएं हाथ की मदद करता है।

31. इसलिए आवश्यक नहीं है कि घोड़ों को बांधने में अधिक भरोसा किया जाए और रथ के पहियों को जमीन में धंसा दिया जाए।

32. जिस सिद्धांत पर सेना का प्रबंधन करना है, वह साहस

के एक मानक को स्थापित करना है, जो सभी तक पहुंचना चाहिए।

33. कैसे मजबूत और कमजोर, दोनों के बीच तालमेल बनाया जाए–यह एक सवाल है, जिसमें मैदान का उचित उपयोग शामिल है।

34. इस प्रकार कुशल सेनापति अपनी सेना का संचालन वैसे ही करता है, जैसे कि वह किसी एक व्यक्ति का नेतृत्व करता है।

35. चुप रहना और इस तरह गोपनीयता सुनिश्चित करना एक जनरल का कर्तव्य है; ईमानदारी और न्यायसंगतता के साथ इस प्रकार व्यवस्था को बनाए रखें।

36. वह अपने अधिकारियों और सैनिकों को झूठी रिपोर्टों और दिखावे से रहस्यमय बनाने में सक्षम होना चाहिए और इस तरह उन्हें पूरी तरह से अज्ञानता में रखे।

37. अपनी व्यवस्थाओं और अपनी योजनाओं को बदलकर, वह दुश्मन को वास्तविक स्थिति के ज्ञान से परे रखता है। अपने पड़ावों को बदलते हुए और घुमावदार रास्तों को अपनाते हुए वह दुश्मन को अपने उद्देश्य का अनुमान लगाने से रोकता है।

38. संकटमय स्थिति में एक सेनानायक उस व्यक्ति की तरह व्यवहार करता है, जो ऊंचाई पर चढ़ गया है और फिर अपने पीछे से सीढ़ी को हटा देता है। वह अपना हाथ दिखाने से पहले अपने सैनिकों को शत्रु के क्षेत्र में ले जाता है।

39. वह अपनी नावों को जला देता है और अपने खाना पकाने के बरतनों को तोड़ देता है; भेड़-बकरियों के झुंड को चराने वाले चरवाहे की तरह वह अपने आदमियों के साथ इस तरह चलाता-फिरता है और किसी को पता नहीं होता कि वह कहां जा रहा है।
40. अपने सैनिकों को संगठित करना और उन्हें खतरे से बाहर निकालना-इसे सेनानायक का वास्तविक कर्तव्य कहा जा सकता है।
41. विभिन्न मापदंड, जो नौ प्रकार के मैदानों के अनुकूल हों; आक्रामक या रक्षात्मक रणनीति की सुविधा और मानव प्रकृति के मौलिक नियम-ये ऐसी चीजें हैं, जिनका अध्ययन सबसे अधिक होना चाहिए।
42. शत्रु के क्षेत्र पर हमला करते समय इस सामान्य सिद्धांत का अध्ययन रखना चाहिए कि गहराई से हमला करने से सामंजस्य बनता है; लेकिन एक छोटे रास्ते का चुनाव करने का मतलब बिखराव है।
43. जब आप अपने देश को पीछे छोड़ते हैं और अपनी सेना को पड़ोस के क्षेत्र में ले जाते हैं तो आप खुद को महत्त्वपूर्ण स्थान पर पाते हैं। जब चारों तरफ संचार के साधन होते हैं तो वह परस्पर राजमार्गों को काटते मैदान हैं।
44. जब आप किसी देश में गहराई से प्रवेश करते हैं तो यह गंभीर मैदान है। जब आप थोड़ा-सा अंदर ही प्रवेश करते हैं तो यह सरल मैदान है।

45. जब आपके ऊपर पर दुश्मन की पकड़ हो और सामने संकीर्ण मार्ग हो तो समझो कि यह घिरा हुआ मैदान है। जब वहां से बचकर निकलने का कोई रास्ता नहीं होता है तो वह निराशाजनक मैदान होता है।

46. इसलिए फैले हुए मैदान में मैं अपने लोगों को उद्देश्य की एकता के साथ प्रेरित करूंगा। सरल मैदान पर मैं देखूगा कि मेरी सेना के सभी हिस्सों के बीच घनिष्ठ संयोजन है कि नहीं।

47. विवादास्पद मैदान पर मैं फैसला लेने में जल्दी करूंगा।

48. खुले मैदान में मैं अपने दुश्मन पर कड़ी नजर रखूगा। राजमार्गों को परस्पर काटते मैदान पर मैं अपने गठबंधनों को मजबूत करूंगा।

49. गंभीर मैदान पर मैं सतत् आपूर्ति को सुनिश्चित करने का प्रयास करूंगा। कठिन मैदान पर मैं मार्ग के सहारे चलूंगा।

50. घिरे हुए मैदान पर मैं पीछे हटने के हर रास्ते को अवरुद्ध कर दूंगा। निराशाजनक मैदान पर मैं अपने सैनिकों से उम्मीद करूंगा कि वे अपनी जान बचाने के लिए हताश न हों।

51. चूंकि सिपाही का स्वभाव यह है कि जब वह खुद को घिरा हुआ पाए तो वह अपने कड़े प्रतिरोध का प्रदर्शन करे और जब वह खुद की मदद न कर पाए तो वह बड़े जज्बे से लड़े और जब यह खतरे में पड़ गया हो तो आदेशों का बड़े व्यवस्थित ढंग से

पालन करे।

52. हम तब तक पड़ोसी राज्यों के साथ गठबंधन न करें, जब तक कि हम उनकी रचनाओं से परिचित न हों। हम तब तक सेना का नेतृत्व करने के लिए उपयुक्त नहीं हैं, जब तक कि हम शत्रु देश यानी उसके पहाड़ों और जंगलों, गड्ढ़ों और चट्टानों, दलदल और रेगिस्तानी इलाकों से परिचित नहीं हो जाते। जब तक हम स्थानीय पथ-प्रदर्शक का उपयोग नहीं करेंगे, हम प्राकृतिक लाभों को प्राप्त नहीं कर पाएंगे।

53. इन चार या पांच सिद्धांतों में से किसी एक को नजरअंदाज करना किसी भी योद्धा राजकुमार के लिए उचित नहीं है।

54. जब कोई योद्धा राजकुमार एक शक्तिशाली राज्य पर हमला करता है तो उसका नेतृत्व स्वयं ही दुश्मन की सेना की एकाग्रता को रोकने में अपना प्रभाव दिखाता है। वह अपने विरोधियों पर हावी हो जाता है और उसके शत्रु के सहयोगी उसके खिलाफ लड़ाई में शामिल नहीं होते।

55. इसलिए वह खुद को सभी और विविध के साथ सहयोगी बनाने का प्रयास नहीं करता और न ही वह अन्य राज्यों की शक्ति को बढ़ावा देता है। वह अपने प्रतिपक्षी को विस्मय में रखते हुए अपनी योजनाओं को गुप्त रखता है। इस प्रकार वह दुश्मन के शहरों पर अधिकार करने और उनके राज्यों को उखाड़ फेंकने में

सक्षम होता है।

56. शासन की परवाह किए बिना पुरस्कार प्रदान करें, पिछली व्यवस्थाओं को मानते हुए आदेश जारी करें और आप पूरी सेना को संभालने में सक्षम होंगे, जैसे कि आपको एक आदमी पर नियंत्रण करना हो।

57. अपने सैनिकों का सामना स्वयं ही करें; लेकिन कभी भी उन्हें अपनी योजना का पता न चलने दें। जब दृष्टिकोण उज्ज्वल होता है तो इसे उनकी आंखों के सामने लाएं; लेकिन उन्हें कुछ भी नहीं बताएं, जब स्थिति निराशाजनक हो।

58. अपनी सेना को अत्यंत खतरनाक स्थिति में रखें और यह बची रहेगी; हताश स्थिति में रखोगे तो यह सुरक्षित निकल जाएगी।

59. यह ठीक है कि जब कोई सेना नुकसान उठाकर पराजय के निकट रहती है तो वह जीत के लिए एक प्रहार करने में सक्षम है।

60. युद्ध में सफलता दुश्मन के उद्देश्य को ध्यान से समायोजित करके प्राप्त की जाती है।

61. शत्रु के पार्श्व-भाग पर लगातार लटके रहने से हम शत्रु के कमांडर-इन-चीफ को मारने में सफल हो सकते हैं।

62. यह सरासर चालाकी से अपने मामले को सफलतापूर्वक पूरा करने की क्षमता कहा जाता है।

63. उस दिन, जब आप अपनी कमान संभालें, सीमावर्ती

मार्ग को अवरुद्ध करें, आधिकारिक लेखों को नष्ट करें और सभी दूतों के पारित होने को रोकें।

64. परिषद–कक्ष में कठोर रहें, ताकि आप स्थिति को नियंत्रित कर सकें।
65. अगर दुश्मन दरवाजा खुला छोड़ दे तो आपको तेजी से अंदर भागना चाहिए।
66. अपने प्रतिद्वंद्वी को वह चीज जीतकर रोके, जो उसे प्रिय हो और बड़ी सूक्ष्मता से उसे मैदान में लाने की युक्ति बनाएं।
67. नियम से निर्धारित मार्ग पर चलो और अपने आपको दुश्मन के अनुसार समायोजित करें, जब तक कि आप एक निर्णायक लड़ाई नहीं लड़ सकते।
68. पहले एक अविवाहिता की निष्ठा का प्रदर्शन करें, जब तक कि दुश्मन आपकी ओर आकर्षित न हो। इसके बाद किसी खरगोश की तरह शीघ्रता का अनुसरण करें और इससे दुश्मन को आपका विरोध करने में बहुत देर हो जाएगी।

12.
आग द्वारा आक्रमण

1. सुन त्ज़ू ने कहा– आग से हमला करने के पांच तरीके हैं। पहला, सैनिकों को उनके शिविर में जलाना; दूसरा, भंडार–गृहों को जलाना; तीसरा, सामान ढोने वाली गाड़ियों को जलाना; चौथा, शस्त्रागार और हथियारों को नष्ट करना; पांचवां, दुश्मन के ऊपर आग से हमला करना ।
2. किसी हमले को अंजाम देने के लिए हमारे पास साधन उपलब्ध होने चाहिए। आग लगाने के लिए सामग्री हमेशा तैयार से रखी जानी चाहिए।
3. आग से हमला करने के लिए उचित समय की आवश्यकता होती है और इस तरह का अग्निकांड शुरू करने के लिए भी विशेष दिन की आवश्यकता होती है।
4. उचित मौसम तब होता है, जब मौसम बहुत शुष्क होता है; विशेष दिन वे हैं, जब चंद्रमा नक्षत्र से छलनी हो, घिरा हो, ढका हो या बंधा हो; ये चारों तेज चलती हवा के दिन होते हैं।
5. आग से हमला करते समय पांच संभावित परिस्थितियों के लिए तैयार रहना चाहिए।
    1. जब दुश्मन के शिविर के अंदर आग लग जाती है तो बिना किसी शोरगुल के प्रतिक्रियां करें।
    2. अगर आग भड़क जाए, लेकिन दुश्मन के सैनिक शांत हों तो कुछ समय के लिए रुकें और हमला न करें।
    3. जब आग की लपटें ऊंचाई पर पहुंच गई हों तो तब हमला कर दो, अगर यह संभव न हो तो

आप जहां हैं, वहीं रहें।

4. अगर बाहर से आग द्वारा हमला करना संभव है तो उसे अंदर भड़काने के लिए इंतजार न करें, लेकिन अनुकूल समय पर अपना हमला करें।
5. जब आप आग लगा चुके हों तो उधर खड़े हों, जिधर से हवा आ रही हो। हमला कभी भी किसी ओट से करें।
6. दिन में चलने वाली हवा लंबे समय तक चलती है, लेकिन रात के समय हवा हल्की हो जाती है।
7. हर सेना को आग से जुड़े इन पांच घटनाक्रमों के बारे में पता होना चाहिए। उचित दिनों के लिए तारों की गणना करने के साथ निगरानी रखनी चाहिए।
8. इसलिए जो लोग हमले के लिए सहायता के रूप में आग का उपयोग करते हैं, वे बुद्धिमत्ता दिखाते हैं; जो लोग हमले के लिए सहायता के रूप में पानी का उपयोग करते हैं, वे शक्ति का परिग्रहण प्राप्त करते हैं।
9. पानी की सहायता से दुश्मन को रोका जा सकता है, लेकिन उसके सभी सामानों को नहीं लूटा जाता है।
10. वह व्यक्ति दुर्भाग्यशाली होता है, जो अपनी लड़ाई बिना उद्देश्य की भावना के जीतने की कोशिश करता है और अपने हमलों में सफल होना चाहता है; जिसका परिणाम समय की बरबादी और ठहराव होता है।
11. इसलिए कहावत है– प्रबुद्ध शासक अपनी योजनाओं को अच्छी तरह से आगे बढ़ाता है; कुशल सेनानायक उसके साधनों को आगे बढ़ाता है।
12. जब तक आपको कोई लाभ न दिखाई दे, तब तक आगे

न बढ़ें; अपने सैनिकों का तब तक इस्तेमाल न करें, जब तक कुछ लाभ प्राप्त न हो; तब तक नहीं लड़ें, जब तक स्थिति गंभीर न हो।

13. किसी भी शासक को केवल अपने रोष को शांत करने के लिए अपनी सेना को मैदान में नहीं ले जाना चाहिए; किसी भी सेनानायक को केवल अपनी चिढ़ मिटने के लिए नहीं लड़ना चाहिए।
14. अगर यह आपके लाभ के लिए है तो आगे बढ़ें; अगर नहीं तो आप जहां हैं, वहीं रहें।
15. समय के साथ गुस्सा खुशी में बदल सकता है और चिढ़ को संतुष्टि से समाप्त किया सकता है।
16. लेकिन जो राज्य एक बार नष्ट हो चुका है, वह फिर कभी अस्तित्व में नहीं आ सकता; न ही मृतकों को जीवन में वापस लाया जा सकता है।
17. इसलिए प्रबुद्ध शासक सावधान और अच्छा सेनानायक पूरी तरह सतर्क रहता है। यह एक देश में शांति बनाए रखने और सेना को अखंड रखने का सबसे बढ़िया तरीका है।

13.
गुप्तचरों का उपयोग

1. सुन त्ज़ू ने कहा- हजारों आदमियों जमा करके उन्हें लंबी दूरी तय कराना लोगों की भारी क्षति है और राज्य के संसाधनों की निकासी का कारण बनता है। दैनिक खर्च एक हजार औंस चांदी के बराबर होता है। इससे देश और विदेश में हंगामा होता है और राजमार्गों पर बड़ी संख्या में लोग मारे जाते हैं। हजारों परिवार श्रमिक के रूप में भारी नुकसान उठाते हैं।
2. शत्रुतापूर्ण सेनाएं एक-दूसरे का सामना लंबे समय तक कर सकती हैं, जो कि जीतने के लिए एक ही दिन में तय किया जा सकता है। ऐसा इसलिए किया जाता है, ताकि शत्रु की स्थिति से अनभिज्ञता बनी रहे, क्योंकि कोई उचित जानकारी हासिल करने के लिए सौ औंस चांदी का परिव्यय करने से डरता है।
3. जो इस प्रकार कार्य करता है, वह लोगों का नायक नहीं होता है। न ही वर्तमान उसके शासन के लिए उसकी सहायता करता है और न ही जीत का कोई स्वामी नहीं होता।
4. इस प्रकार जो बुद्धिमान शासन और अच्छे शासक को चलाने और जीतने के लिए और सामान्य पुरुषों की पहुंच से परे चीजों को प्राप्त करने में सक्षम बनाता है, वह पूर्वज्ञान है।
5. अब इस पूर्वज्ञान को भावनाओं से दूर नहीं किया जा सकता है; इसे न तो अनुभव से प्राप्त किया जा सकता है और न ही किसी भी प्रकार की कटौती की गणना से।
6. दुश्मन के प्रबंधन का ज्ञान केवल अन्य लोगों से प्राप्त

किया जा सकता है।

7. इसलिए जासूसों के उपयोग के पांच वर्ग हैं :
    1. स्थानीय गुप्तचर
    2. आंतरिक गुप्तचर
    3. परिवर्तित गुप्तचर
    4. झूठे गुप्तचर
    5. सक्रिय गुप्तचर
8. जब ये पांच प्रकार के गुप्तचर काम पर होते हैं तो कोई भी गुप्त-तंत्र को नहीं भेद सकता है। इसे 'दैवीय धाराओं का उपयोग' कहा जाता है। यह शासक का सबसे कीमती संकाय है।
9. स्थानीय गुप्तचर होने का मतलब है कि शहर के निवासियों की सेवाएं लेना।
10. आंतरिक गुप्तचर दुश्मन के वह अधिकारी होते हैं, जिनका उपयोग हमारे द्वारा किया जाता है।
11. परिवर्तित गुप्तचर वह होते हैं, जो दुश्मन के गुप्तचरों को नियंत्रित रखते हैं और उन्हें अपने उद्देश्यों के लिए इस्तेमाल करते हैं।
12. झूठे जासूस वह होते हैं, जो धोखे से अपने उद्देश्यों को पूरा करने के लिए कुछ चीजें खुले तौर पर अंजाम देते हैं और हमारे गुप्तचरों को उनके बारे में जानने के लिए मना लेते हैं और फिर दुश्मन को रिपोर्ट देते हैं।
13. सक्रिय गुप्तचर वह होते हैं, जो दुश्मन के शिविर से समाचार लाते हैं।
14. इसलिए यह कि केवल गुप्तचरों को छोड़कर किसी से भी पूरी सेना में अंतरंग संबंध बनाने चाहिए। किसी को

भी अधिक उदारता से पुरस्कृत नहीं किया जाना चाहिए और न ही किसी अन्य कार्य में अधिक-से-अधिक गोपनीयता को बनाए रखा जाना चाहिए।

15. जासूसों को एक निश्चित सहज शिथिलता के बिना उपयोगी रूप से नियोजित नहीं किया जा सकता है।
16. परोपकार और ईमानदारी के बिना उन्हें ठीक से प्रबंधित नहीं किया जा सकता है।
17. मन की सूक्ष्म सरलता के बिना कोई भी उनकी रिपोर्ट की सच्चाई के बारे में निश्चित नहीं हो सकता है।
18. सूक्ष्म बनो! सूक्ष्म रहो! और हर तरह के कार्य में अपने गुप्तचरों का उपयोग करें।
19. अगर समय से पहले कोई गुप्त सूचना गुप्तचर द्वारा खोल दी जाए तो उसे उस आदमी के साथ मौत के घाट उतार देना चाहिए, जिसे रहस्य बताया गया था।
20. चाहे लक्ष्य किसी सेना को कुचलने का हो, किसी शहर को उड़ाने का हो या किसी व्यक्ति की हत्या करने का, शुरुआत करने के लिए जरूरी है कि शत्रुख्रपरिचारकों, सहायक ठिकानों, द्वार-पलकों और सेनानायकों के संतरियों की उचित जानकारी हो। इनका पता लगाने के लिए हमारे गुप्तचर पूर्ण रूप से सक्षम होने चाहिए।
21. शत्रु के गुप्तचर, जो हमारे ऊपर जासूसी करने आए हैं, उन्हें रिश्वत के साथ लुभाना, दूर ले जाना और आराम से रखना चाहिए। इस प्रकार वे परिवर्तित जासूस बन जाएंगे और हमारी सेवा के लिए उपलब्ध होंगे।
22. इन परिवर्तित गुप्तचरों द्वारा लाई गई जानकारी के

माध्यम से हम स्थानीय और आंतरिक गुप्तचरों की जानकारी दुश्मन के खेमे से हासिल कर सकते।

23. उनकी जानकारी के कारण हम झूठे गुप्तचर बना सकते हैं, जो झूठी खबर दुश्मन के पास ले जाते हैं।
24. अंत में, उनकी जानकारी के अनुसार सक्रिय जासूसी का उपयोग नियत अवसरों पर किया जा सकता है।
25. जासूसी का अंतिम लक्ष्य सभी पांच किस्मों से दुश्मन की जानकारी हासिल करना है और यह जानकारी सबसे पहले परिवर्तित गुप्तचर से प्राप्त की जा सकती है। इसलिए यह आवश्यक है कि परिवर्तित जासूस के साथ अत्यंत उदारता से व्यवहार किया जाए।
26. प्राचीन समय में यिन वंश का उदय आई ची के कारण हुआ था, जिसने हसिया शासन के अंतर्गत सेवा की थी। इसी तरह चाउ वंश का उदय लू या के कारण हुआ था, जिसने यिन के अंतर्गत कार्य किया था।
27. इस प्रकार यह केवल प्रबुद्ध शासक और बुद्धिमान जनरल है, जो जासूसी के उद्देश्यों के लिए सेना की सर्वोच्च बुद्धि का उपयोग करेगा और इस तरह वह महान परिणाम प्राप्त करेगा। गुप्तचर सबसे महत्त्वपूर्ण तथ्यों को सींचने के औजार होते हैं, क्योंकि उन पर सेना की कामयाबी से आगे बढ़ने की क्षमता निर्भर करती है।

●●●